单 行 道

〔德〕本雅明 著

Walter Bendix Schoenflies Benjamin

李士勋 —— 译

当代世界出版社
THE CONTEMPORARY WORLD PRESS

图书在版编目（CIP）数据

单行道／（德）本雅明著；李士勋译． -- 北京：
当代世界出版社，2022.10
ISBN 978-7-5090-1688-6

Ⅰ．①单… Ⅱ．①本… ②李… Ⅲ．①随笔－作
品集德国－现代 Ⅳ．① I516.65

中国版本图书馆 CIP 数据核字(2022) 第 170057 号

书　　名：单行道
出版发行：当代世界出版社
地　　址：北京市东城区地安门东大街 70-9 号
邮　　箱：ddsjchubanshe@163.com
编务电话：(010) 83907528
发行电话：(010) 83908410
经　　销：新华书店
印　　刷：北京中科印刷有限公司
开　　本：1230 毫米×880 毫米　　1/32
印　　张：7.75
字　　数：72 千字
版　　次：2022 年 10 月第 1 版
印　　次：2022 年 10 月第 1 次
书　　号：978-7-5090-1688-6
定　　价：69.00 元

图书策划：活字文化

瓦尔特·本迪克斯·弗利斯·本雅明

（Walter Bendix Schoenflies Benjamin，1892 年 7 月 15 日—1940 年 9 月 27 日）

生于柏林犹太商人家庭，大学期间攻读哲学、日耳曼学与艺术史，之后成为自由作者与批评家。1933 年纳粹上台后流亡巴黎，1940 年在西班牙边境自杀。他是 20 世纪上半叶十分重要的思想家，被誉为"欧洲最后一位文人"。

李士勋

1945 年出生，1964 年考入北京国际关系学院，1978 年入中国社会科学院研究生院跟随冯至先生攻读德语文学硕士学位。曾供职于外交部与《世界文学》杂志社，现为自由翻译工作者，代表译作《毛毛》《永远讲不完的故事》《蓝熊船长的 13 条半命》等。

阿西娅·拉西斯
(Asja Lacis，1891—1979)

本雅明的女友，拉脱维亚苏维埃社会主义共和国人，布尔什维克。1924年初夏，本雅明与她相识。本雅明曾在一篇报道里写道，她是"来自里加的一位俄国女革命者，我认识的最杰出的女人之一"。关于《单行道》的献辞，拉西斯曾回应道："我想解释一下《单行道》的献辞'……'，瓦尔特·本雅明已经完成了世界观的一个重要改变并找到了一条道路。"这可以理解为本雅明对战争、德国社会和资本主义制度的认识。在《单行道》这本书里，集中体现在"穿越通货膨胀的旅行""皇帝全景幻灯屋""通向天文馆"等章节。

这条街叫

阿西娅·拉西斯大街

以她的名字命名

她作为工程师

在作者心中打通了这条街

目 录

译者序

在《单行道》初版译后记中我说过，翻译这本《单行道》是从 1998 年到 2001 年断断续续持续三年才定稿，2002 年由台北允晨文化出版公司出版（名为：《班雅明作品选　单行道·柏林童年》）。

因为《单行道》德文版 1928 年出版时就是单行本，所以我建议出版社出单行本。后来，人民文学出版社接受了我的建议并于 2006 年出版了《单行道》单行本。

此后一直没有再版，我多次"劝说"出版社再版，无果，正应了书中的一句话："劝说是没有结果的。"据说是因为发行部门反对，就这么一个小薄本，不利于销售。一家书店专门找到出版社表示希望再版，也没有结果。这本书早已脱销，孔夫子旧书网偶得一本，书价也高近百元左右。2013 年，有一家出版社找到我，说想出版我的译本。人民文学出版社同意转让，于是我就与该出版社签了独家出版合同，但这家出版社办事拖沓，一再违约。2019 年，活字文化编辑陈轩找到我，说他们也想出版我的《单行道》译本。

由于 2020 年初突发新冠疫情，百业停摆。正好，我借此契机，从容地修订并打磨了二十年前的译文。

举世公认，本雅明的作品翻译起来实在太"烧脑"，所以，大家通常说的翻译作品"没有最好，只有更好"这句话更适合《单行道》了。

在这次修订过程中，我对照原文，字斟句酌，发现自己原来的译文有不少地方有理解的问题，也有中文表达的问题。可以说，凡是中文读起来文理与逻辑不通、颇令人费解的地方，一定是对原文理解有误，要不就是忽略了句中的小词和语气的转折。理解有误，表达岂能准确？正所谓：信达，信达，不信不达。

为了尽可能保持原文佶屈聱牙的风格，我也尽量保持原文的语序和长句，不用短句取而代之。严复的翻译标准，除去表示古文的"雅"，实际上不过就是"信达"二字。通俗的说法就是"忠实原文，译文准确"，翻译的过程就是"理解和表达"。在这个过程中，保持原文风格的程度与理解和表达的准确程度密不可分，而这种程度上的差异因人而异。译者本人也随着学识的积累发生变化。在这次修订过程中，我发现了自己二十年前译文中出现的谬误并做了大量的修改。比如网友批评的"乡间道路的力量"那一段，确实是我理解有误，所以表达得不准确。其他读者没有发现的地方，包括语序和字句，我改动的地方不下百余处。为此，我既感到高兴，也为以前的谬误感到内疚。我在这里向旧译本的读者致歉。

关于翻译批评，我推崇本书《批评家之技巧的十三条论纲》中的第七条："对于批评家来说，更高一审法院是他的同行。不是公众。更不是后世。"

近来听说本雅明的粉丝们津津乐道顾彬教授在南开大学说，"德国人都看不懂《单行道》，美国人和中国人读懂了"。我想，他的这句话，一半是真实，一半是调侃。真实的是全世界大多数人都看不懂《单行道》。自称能看懂的人和迄今为止翻译了《单行道》的几个中国人，包括我本人，也未必都完全看懂了，否则就不会出现那么多的歧见和争论。不过，中国人以第一个吃螃蟹的勇士精神攻坚《单行道》的勇气还是值得德国人称道的。

本雅明不容易懂，译者的学养不同，翻译质量参差不齐是自然的。译者重新审视自己的译文，也会发现以前的疏漏和误读。对此我深信不疑。

我相信这个修订本比二十年前的译本好了些，但仍然不能排除还有错误和疏漏，所以我殷切希望译界同行，尤其是德语译界同行不吝指正！

李士勋

2020 年 10 月 20 日星期二

于北京

Einbahnstraße

加油站

目前，生活的结构更多地取决于事实的而非信念的威力。而且，取决于这样的事实，它们在任何时候和任何地方都还从未变成过信念的基础。在这种情况下，真正的文学主动性❶不能要求在文学的范围里发挥作用——更确切地说，这是文学活动不育性的通常表现。重要的文学的影响只能在行动与写作的严格交替中才能产生；它必须在传单、小册子、杂志文章和广告中创造出一些不引人注目的形式，相对于书籍的苛求而又无所不包的姿态，这些形式能更好地在行动的团体中产生影响。只有这种反应迅速的语言显示出此时此刻能胜任自如。观点对于社会生活这部巨大的机器来说好比机油；人们不是把机油浇到涡轮机身上，而是将少许机油注到那些必须熟悉的被掩盖着的铆钉和缝隙上。

早点铺

　　一种民间习俗告诫人们，早晨不要空腹说梦。在这种状态下醒来的人实际上仍然被梦的魔力控制。也就是说，洗涤只能唤醒身体的表面及其可见的运动功能，而灰色的梦境即使在早晨盥洗的时候仍然顽固地留在更深层，甚至牢牢地黏附在醒来后第一个小时的寂寞中。害怕和白天接触的人，不管他是怕见人还是为了内心的宁静，就不想吃东西并且会鄙薄地拒绝早餐。他以这种方式避开梦境与现实两个世界的断裂。在祈祷中，如果小心翼翼通过焚烧梦境不能把精力集中于早晨的工作，那就只能导致一种生活节奏的混乱。在这种精神状态下说梦是灾难性的，因为一半仍然忠于梦境的人不得不在言语中泄露梦境并等待它的报复。更近代的说法是：他自己背叛了自己。他已经长大，不再需要做梦的幼稚来保护，这时候他自己泄露了失去了优势的梦中幻境。因为只有从另一个岸边，即从明亮的白昼出发，梦才可以从占优势的回忆中被说出来。梦的这个彼岸只有在一种净化中才可以到达，这种净化类似洗涤，但却与洗涤完全不同。这种净化是通过胃来进行的。空腹的人说梦就像说梦话似的。

113 号

那些含有形体的时辰，
在梦的大厦中流逝。

半地下层

我们早就忘记了这种宗教仪式，我们生活的大厦就是根据这种礼仪建造起来的。但是，当这座大厦应该被攻占并被敌人的炸弹摧毁时，多少使人耗尽精力而又怪诞的古代文物藏在这墙基里没有暴露出来啊。凡是在咒语中没有全部被埋入土中并被牺牲的东西，那下面有多少令人毛骨悚然的珍品陈列室啊，那些最深的井穴保存的却是最平庸的东西。在一个绝望的夜里，我梦见自己和小学时的第一位伙伴，虽然几十年来我已经不认得他，在这段时期我也几乎从未想起他，但我们却迅速地恢复了友谊和兄弟般的亲密关系。但醒来之后我明白了：那绝望像一颗炸弹揭示出来的东西是这个人被嵌入墙内的尸体。他应该做的事情：以后，无论谁住在这儿，都不应该和他有丝毫雷同之处。

前厅

参观歌德故居。我想不起来梦中看见的那些房间了。只记得那里有一条粉刷过的走廊，像在一所学校里一样。两个上了岁数的英国女游客和一个男管理员是梦中无

七十七岁的歌德

足轻重的人物。管理员要求我们在来访登记簿上签名，登记簿摊开着，放在走廊最外面尽头的一个窗台上。当我走过去翻阅登记簿的时候，我发现自己的名字已经歪

歪扭扭地画在上面，字很大，一个笨拙的孩子的笔迹。

餐厅

在一个梦中，我看见自己在歌德的工作室里。那个工作室和他在魏玛时期的工作室迥然不同。首先房间很小，只有一个窗户。写字台的横头顶着窗对面的墙。已届耄耋之年的诗人坐在桌前正在写作。当他中断写作，将一个小花瓶，一件古雅的器皿作为礼物送给我时，我就站到一边去了。我在手中转动着它。室内闷热之极。歌德站起来，和我一起走进隔壁房间，那里一张长餐桌上已经为我的亲戚们摆好餐具。可是，我点数的时候发现，好像是为很多人准备的。也许连祖先们的位子都有了。在桌子右边的顶头，我在歌德旁边就座。宴席过后，歌德要站起来，显得很吃力，我用一个手势请求他允许我扶他一把。当我触摸到他肘部的时候，我开始激动地哭起来。

致男人们

劝说是没有结果的。

本雅明像 [法]让·塞
尔兹 绘（1933 年）

1　原文：Überzeugen ist unfruchtbar。——这是本书中最短的一句话。
　　Überzeugen，意思有劝说，使信服，使确信。unfruchtbar 意思是不育
　　的，不结果的，不肥沃的。前一个字的字根 zeugen 意思是生殖和生育，
　　后一个字的字根 frucht 意思是果实、胚胎。这两个词有内在联系。这句
　　话的言外之意恐怕在于标题"致男人们"。

标准时钟

　　对伟人来说，已完成作品的分量轻于那些他们毕生为之工作仍未完成的作品。因为只有意志较薄弱、思想较不集中的人在完成一部作品时有一种无可比拟的快乐，并因此而感到这是对自己生命的又一次馈赠。对天才来说，每一个重大的事件和每一次沉重的命运的打击，都像温柔的睡眠那样中断他在工作室的努力。他在断简残篇里抽出工作室的魔力。"天才就是勤奋。"

回来吧！全部饶恕！

　　像一个人在单杠上打大回环那样，人们也像孩子似的自己转动着迟早总会中头奖的抽彩轮盘。因为唯有我们十五岁时就知道或者练习过的东西，才会有一天形成我们的 Attrativa [1]。因此，有一件事情决不允许再去弥补了，就是：错过从父母身边逃走的机会。在那几年四十八小时的背叛经历中，幸福生活的结晶像在碱溶液里那样凝成。

1　意大利语：意为吸引力，魅力。

摆满豪华家具的
十间套住宅

对十九世纪下半叶的家具风格唯一同时给予充分描述和分析的是某种侦探小说，在那种小说里，住宅的恐怖处于强有力的中心。家具的安排同时也是死亡陷阱的平面图，而那一排房间已经为牺牲者规定好逃跑的路线。如果说这种侦探小说正好是从坡❶开始的话——也就是说，在他那个时代这样的住宅几乎还不存在——那也并不意味着有任何抵触。因为伟大的诗人都无一例外地与他们身后到来

爱伦·坡 像 [瑞士]费利克斯·瓦洛东 木刻（1884 年）

的那个世界息息相关，正如波德莱尔诗中的巴黎街道 1900 年以后才有那样，而陀

思妥耶夫斯基笔下的人物，在更早些时候也不曾在那儿出现。从六十年代到九十年代❷资产阶级家庭的室内陈设，那巨大的饰满木雕的碗橱，摆放着棕榈树的没有阳光的角落，装有铁护栏的悬楼或凸肚窗以及煤气灯丝丝作响的长走廊，用来存放尸体再合适不过。"在这张沙发上姑妈只能被谋杀。"家具的没有灵魂的奢侈，只有对尸体来说才会称之为真正的舒适。比侦探小说中描绘的东方自然风景更为有趣的，是他们室内布置中耽于享乐的东方：波斯地毯、无靠背矮沙发、吊灯和贵重的高加索短剑。

在高高撩起的沉甸甸的双面挂毯后面，房子的主人用有价证券纵酒狂欢，他感到自己既像东方之国的商贾，又像尔虞我诈的可汗国里懒惰的帕夏❸，直到胡床❹上系着银色饰带的那把短剑在一个美丽的下午结束了他的午睡和他本人的生命为止。这种像一个淫荡的老妇人渴望情夫那样因渴望无名谋杀者而颤抖着的资产阶级住宅的特征，被几位作家做了透

波德莱尔自画像

彻的研究，他们作为"侦探小说家"——也许就因为他们在自己的作品中清楚地表现了资产阶级魔窟的一部分——而丧失了自己应得的荣誉。这里应该遇到的东西，柯南·道尔❺在其著作的个别篇章里，女作家格林❻在一部伟大的作品里，都把它突显了出来，而加斯东·勒鲁❼则以关于十九世纪的伟大小说之一《歌剧院的幽灵》❽，使这个文学类型趋于神化。

1 埃德加·爱伦·坡（Edgar Allan Poe，1809—1849），美国作家，侦探小说的先驱。其作品对西欧，特别是法国象征主义和现代派文学影响很大。

2 指十九世纪六十年代到九十年代。

3 土耳其、埃及等国的高级军官和官吏。

4 Diwan，胡床，无靠背卧式长沙发，也是中近东国家的诗集和土耳其的咨议会的名称。歌德有一部诗集就取名为《西东诗集》（"West-östlicher Diwan"）。

5 柯南·道尔（Conan Doyle，1859—1930），英国侦探小说家。

6 格林（A.K. Green，1846—1935），美国侦探小说家。

7 加斯东·勒鲁（Gaston Leroux，1868—1927），法国记者，作家。

8 又被译成《歌声魅影》或《歌剧魅影》。

中国商品

这几天，谁都不可固执于自己的所"能"。实力表现在即兴创作里。一切决定性的打击都将是信手打出去的。

在一条漫长道路的起点有一座大门，那条路顺着山坡向下通向……的家，每天晚上我都去看她。当她搬出去的时候，那座敞开的门拱从此在我面前变成了一个失去听力的耳朵。

无法说动一个穿睡衣的孩子去问候一个刚进门的客人。在场的人从更高的合乎礼仪的立场出发劝他不要拘谨，但都白费唇舌。几分钟之后，那孩子又出现在客人面前，这回是一丝不挂。就这么一会儿工夫，他洗了个澡。

对一个在平坦的大路上行走的人或

一个坐飞机从它上空飞过的人来说，道路的力量是不同的。同样，文本的力量对一个阅读它或抄写它的人来说也是不同的。坐飞机的人只看见道路怎样穿过地区景色向前推移，觉得它会像周围地区那样按照相同的法则展开。只有行走在路上的人才能体验到它的统治和它怎样向远方、观景楼、林中空地和产品广告牌以及每一个转弯发号施令，像指挥官呼唤前线士兵那样，而对于飞行者来说，刚才看见的那种地形只是展开的平原。抄写的文本也是这样，仅仅指挥着抄写者的灵魂，与此同时，纯粹的读者永远不会了解文本内部的新观点和文本怎样穿过越来越稠密的内部原始森林❶开辟那条道路：因为读者听从自我在自由的梦幻空间里运动，而抄写者却让文本发号施令。因此，中国人的书籍誊抄工作成了文化经典无与伦比的保证，而抄本便成了解开中国之谜的钥匙。

1　德国语言学家称德语语法结构像一座原始森林，一入其中便会迷失方向。

手套

　　在对动物感到厌恶的时候，占统治地位的感觉是害怕在触摸它们时被认出来。人的内心深处感到恐惧的东西是那种模糊的意识，在那种意识里，可能还有某种东西活着，而对于引起恶心的动物来说，那种东西似乎并不那么陌生，所以可能会被那种动物认出来。——任何恶心的感觉最初都是出于对接触的厌恶。甚至抑制也只能通过跳跃的和过分的手势表示不予理会来超越那种感觉：那种恶心的感觉会猛地缠住那种手势，津津有味地吃掉它，与此同时，那最灵敏的表皮接触区依然是禁区。只有这样才能满足道德需求的佯谬，道德的需要要求人在克服恶心感觉的同时形成最敏锐的恶心的感觉。人不能否认自己与造物有兽性的亲缘关系，对造物的呼唤，他的恶心回答道：他必须成为它们的主人。

墨西哥大使馆

当我从一尊木雕像，

一尊镀金菩萨像，

或者一座墨西哥人的神像前走过时，

没有一次不自言自语：说不定这才是

真神。

——波德莱尔 ❶

我梦见自己作为一个科学考察队的成员在墨西哥。在我们穿越一片高山原始森林之后，陷入深山里一个地面上的石窟群中，那儿有一个修会僧侣团直到现在还保持着第一批传教士时代的状态，修会僧侣团的弟兄们仍然继续干着使当地人皈依基督教的工作。在一个非常高大、有哥特式尖顶而且封闭的中央洞窟中，他们正在按照最古老的宗教礼拜式做着弥撒。我们走到跟前目睹了弥撒的主要部分：一位神父面对着高高悬挂在一面洞窟墙上的圣父半身木雕像，举起一个墨西哥原始崇拜的偶像。这时候，圣父的头从右向左不赞成地摇动了三次。

1　原著为法语，李清安译。

建议栽种这样的植物来保护公众

什么问题得到"解决"了呢？难道以往生活中的所有问题不都像某种挡住我们视线的树那样留在身后了吗？我们几乎没有想到要将其连根拔除或者只是使它变得稀疏一些。我们继续向前走去，把它抛到身后，从远处看，它虽然还依稀可见，但却已经模糊，隐隐约约，因此更神秘地缠绕在一起。

评论和翻译对于文本犹如风格和模仿对于自然：用不同的观察方法看同一种现象。在神圣的文本之树旁边，两者都不过是永远沙沙作响的树叶，而在平庸的文本之树旁边，它们是及时坠落的果实。

正在恋爱的男人，不仅依恋情人的"缺点"，不仅喜爱一个女人的花招和弱点，而且她脸上的皱纹和肝痣、穿旧的衣服和某种行走时歪斜的姿态，都会比一切美更持久、更顽强地缚住他。人们早就知道这一点。可这是为什么呢？有一种理论说，感觉不是在头脑里筑巢，我们不是感觉到大脑里有一扇窗、一片云，或一棵树，更确切地说，我们是感觉到自己处在看见它们的地方，如果那种理论是真实的，那么，我们在注视情人的时候也是忘我的。但这时候也是折磨人的、紧张而又入迷。感觉像一群鸟在女人的光辉里神魂颠倒地翩翩飞舞。而且会像鸟儿在树叶稠密的藏身之处寻求保护那样，感觉也逃进被爱者脸上的一道道皱纹、身体上不那么优雅的姿态和不引人注目的缺陷里，它们会突然缩进藏身之处将自己保护起来。而过往的行人谁也猜不到，爱慕者快如离弦之箭的爱情冲动，恰恰会在这儿，在这些缺陷和应受指责的地方筑巢。

建筑工地

　　迂腐地冥思苦想应该制造什么适合儿童的东西——例如直观教具、玩具或者书籍——其实这是愚蠢的。从启蒙时代以来，这就是教育家们最陈腐的空想之一。他们在心理学上的嗜好阻碍了他们去认识，人世间充满了吸引儿童注意力并动手的最无与伦比的事物。这是最确定的。也就是说，孩子们倾向于以特殊的方式寻找面前任何看得见的、可以摆弄某些玩意儿的工作地点。他们感到自己不可抗拒地被建筑工地、整理花园和家务劳动、做缝纫或者干木工活时产生的废料所吸引。在那些废品中，他们认出了物质世界正好而且只转向他们的面孔。他们很少在心中模仿成年人的工作，他们更多的是用自己在游戏中制造出来的东西，将各种各样的材料放进一种新的、变化不定的相互关系之中。孩子们自己以此塑造他们的物质世界，一个大世界中的小世界。假如人们执意要为孩子们干点什么，却又不大情愿用那个小世界的全部道具和工具去完成自己的工作，甚至仅仅找到通向他们的道路，人们眼里都必须有那个小世界的标准。

内政部

　　一个人对从前遗留下来的东西越怀有敌意，他就越顽强地使自己的私生活从属于某些标准，他想把它们提升为一个未来社会立法者的标准。好像那些在任何地方都尚未成为现实的标准加给他什么责任似的，而它们至少应该在他自己的生活圈子里事先形成。他知道与他的状况或者他的民族最陈旧的传统保持一致，可是有时候却把自己的私生活引人注目地置于他在公共生活中恪守的生活准则的对立面，并在私下里把他自己的行为当作他遵循的基本原则、不可动摇之权威性、最有约束力的证明加以赞赏，而且没有丝毫良心上的不安。因此无政府 - 社会主义的政治家与保守的政治家类型就区分开来了。

旗——

告别的人是多么容易地被爱啊！因为那团为即将离去者更纯洁燃烧着的火焰受到从船上或者火车窗口向这边匆匆挥动的条状织物滋养。距离像色素一样渗入正在消失的人并用柔和的炽热浸透他。

——降半旗

如果一个我们很亲近的人死了，那么在接下来的几个月里，我们相信会注意到某种东西，那种东西——本来我们多么喜欢与他分享啊——只有通过他的远去才能得到发展。最后，我们用一种他已经不再理解的语言向他致意。

皇帝全景 * 幻灯屋

穿过德国通货膨胀的旅行

一、德国市民❶用愚蠢和胆怯拼接起来的生活方式——每天都用一些惯用语来暴露自己，在那个惯用语宝库中，那句关于摆在面前的灾难——同时可能是"再也不能这样继续下去了"那句话——特别发人深省。无可奈何地凝视以往几十年想象中的安全和财富，阻碍了普通人感知那种最值得注意的基于当前形势的全新稳定性。因为战前若干年的相对稳定对他有利，所以，他认为，必须把任何可能剥夺自己财产的状况看作是不稳定的。但是，稳定的情况绝对不一定是令人感到舒适的情况，而且早在战前就已经有一些阶层，对那些阶层来说，已经稳定下来的情况就是稳定下来的苦难。衰退绝对不是不稳定，但决不会比上升更美妙。只有一种承认在崩溃过程中必须找到当前形势唯一理性的估计，或许会对每天重复的事物产生令人厌倦的惊讶，期待作为绝对稳定和唯一解救之物的衰退现象，像一种几乎与奇迹和极不寻常之物为邻的不可理解的东西。中欧的民族共同体像一个被包围的城市里已经弹尽粮绝的居民，按常情判断，得救几乎不可指望了。一种情况必须极其认真地权衡，那就是：缴械投降，可能会得到赦免，也可能得不到赦免。但是，中欧感到自己面对的沉默而又不可见的力量不会谈判。所以，它除了不断地期望把目光投向对虚无和唯一尚能拯救的特殊事物进行最后的猛攻之外，就不剩下什么了。然而，这种紧张而又毫无怨言的全神贯注

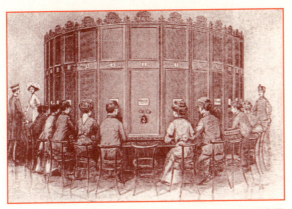

现存柏林梅尔克舍博物馆的皇帝全景幻灯屋

被挑战的状况，也许真的能够引来奇迹，因为我们正在与包围我们的军事力量进行神秘的接触。相反，再也不能这样继续下去的期望，总有一天会在这儿找到教训，对个别人的和集体的痛苦来说，只有一个极限，越过它就再也不能继续下去了，那就是：毁灭。

二、一个特殊的佯谬：人们在行动的时候，心中只怀有最狭隘的私利，但是，他们的态度同时又更多地取决于大众的直觉。而大众的直觉在任何时候都变得更加精神错乱并且背离生活。阴暗的动物的本能——正如无数轶事讲述的那样——在哪儿从正在接近的好像还不可见的危险中找到出口，这个社会就将在哪儿崩溃，每个人眼睛里都只盯着自己低贱的福利，带着动物的迟钝，但却没有动物的那种麻木意识，作为一个盲目的群体，每个人，对近在咫尺的任何危险和个人目标的差异，在某些决定性力量一致性面前，都变得无关紧要。事实已经一次又一次地表明，他们对如今早已失去的日常生活的眷恋变得那样呆滞，以至于运用那些本来属于人的知识和预见性的能力，在极其危险的情况下也被破坏了。这样一来，愚蠢的图像便在他们心中形成了：缺乏自信，对生命攸关的直觉和休克的反常，即理智的衰退。这就是德国市民的整体精神状态。

三、一切比较亲密的人际关系都被一种几乎无法忍受而又非常强烈的清清楚楚击中，在这种情况下人际关系就经不住考验了。因为一方面金钱以可憎的方式处于全部生活利益的中心，另一方面它恰恰又是几乎使一切人际关系失灵的障碍，于是，就像在自然界里一样，不假思索的信任、安宁和健康，在道德世界里也愈来愈消失得无影无踪。

四、人们习惯谈论"赤裸的"苦难不是没有道理。在苦难的法则下，它开始变成某种道德并且仅仅使千分之一被掩盖的东西变得清晰可见，当它被展示的时候，最不幸的东西，不是同情，也不是那种在观看者自己心中被唤醒的可怕而又无动于衷的意识，而是他的羞耻心。在这样一座德国大城市里生活是不可能的，饥饿迫使城市里最贫困的人靠假象活着，那些匆匆走过的人们试图用它们盖住使自己感情受到伤害的裸露部分。

五、"贫穷并不使人丢脸。"真好听。但他们使穷人受辱。他们一边这样做一边用那些套话安慰穷人。至于那些套话，人们可能曾经同意过，但它们现在早已失效。这与那句粗暴的"不劳动者不得食"没什么两样。当男人有了赖以糊口的工作时，也就有了贫穷，如果造成这种贫穷的原因是歉收和别的命运对他的打击，那这种贫穷还不使他感到羞愧。但是，这种使千百万人生来就忍饥挨饿，并使几十万人陷入绝境的贫困化可能会使人感到耻辱。肮脏与贫困像看不见的手筑起的一道道墙在他们周围越来越高。一个人能为自己忍受许多，但是，如果他老婆看见他在忍受并自己忍耐着时，那他会感到分外羞耻，所以，只要他在自己一个人的时候，他就会咬牙坚持，只要他隐藏得住，他就能忍受一切。但是，一个人，只要贫穷还像一个巨大的阴影那样落在他的人民头上和他的房顶上，他就决不可以与贫穷媾和。然后，他应该对自己受到的每一次屈辱保持清醒的头脑并控制那种屈辱，直到他的痛苦不再沿着倾斜的忧伤之路下滑并开辟出一条向上反叛的小道为止。不过，只要这里的报章杂志还每天甚至每时每刻都在讨论着各种最可怕而又摸不透的命运，分析着各种虚假的原因和虚假的后果，却不去帮助任何人去认识自己生命所依从的黑暗势力，那就没有任何指望。

六、对一个不久前刚到这个国家周游一番却并未密切注视德国人生活形态的外国人来说，这个国家的居民显得相当陌生，简直不亚于一个具有异国风情的种族类型。一位很有见地的法国人曾经说过：

"只有在极罕见的情况下，一个德国人才会认清自己。假如他有一次认清了自己，那他也不会说出来。即使他说出来，也不会使人明白。"战争绝不仅仅是通过德国人报道的那些真实的和传说的无耻行径扩大了这种令人绝望的距离。更确切地说，在其他的欧洲人眼里，结束德国怪诞的孤立的东西，其实是那些欧洲人自己心中形成的某种看法，他们可能以为自己在与德国人中的霍屯督人❷（正如人们很正确称呼的那样）打交道，这是一种局外人根本不理解的，而被拘禁的人完全没有意识到的强权，在这个舞台上，生活的烦琐、贫困和愚昧借助这种权力，使人们像某种原始民族的生活完全被氏族律法支配那样听命于共同体的力量。一切财富中最欧洲化的财富是那种或多或少显而易见的讽刺，个人生活要求用讽刺摆脱他被禁锢的任何互相矛盾的共同体，这种讽刺精神德国人已经完全丢失了。

七、谈话的自由已经消失了。如果说从前人们一见面就嘘寒问暖是不言而喻的，那么现在人们谈话的内容则已经被询问一下对方的鞋价或伞价取代了。生活状况和钱的话题不可避免地渗入每一次愉快的谈话中。同时，这种谈话既不涉及他们也许能互相帮助的个人忧愁和烦恼，也不是为了进行整体观察。这就像一个人被抓进一家戏院，不管他愿意不愿意，都得看舞台上的演出，而且不管他愿意不愿意，都得一再地把那出戏当作自己思考和谈论的对象。

八、谁没有摆脱衰退的感觉，谁就会毫不迟疑地转向为自己的延误、自己的活动以及自己参与的这场混乱做特别的辩护。对普遍的失灵，他会提出那么多的看法，对自己的活动范围、居住地和某个瞬间，他会举出那么多的例外。盲目的意志几乎到处通行无阻，宁可用生命拯救个人的威望，也不独立自主地评估威望的软弱无力和陷入的困境，至少在一般的令人迷惑的背景上摆脱它。空中之所以充满了形形色色的生活理论和世界观，而且它们之所以在这个国家里如此狂妄地发生着影响，原因全在于它们最终几乎总是涉及对某种完全没有意义的个人状况的制裁。正因为如此，个人生活也就那样充满了关于文化的未来的假象与海市蜃楼，仿佛它无论如何一夜之间便会繁荣起来似的，因为每个人都对自己孤立位置上的表面幻象负有义务。

九、被圈在这个国家边界里的人已经看不到有人性之人的轮廓了。在他们面前，每一个自由人都像一个怪物。想象一下高耸的阿尔卑斯山脉吧，然而，凸显它的不是天空，而是一块黑布的皱褶。那巨大的山体形状只能模糊地呈现出来。一道沉重的帷幕就这样完全遮蔽了德国的天空，即使那些最伟大人物的侧影我们也看不见了。

十、温度正在从一切东西中逐渐消失。日常使用的东西本身缓慢但却顽强地排斥着人。总而言之，人们每天为了克服那些隐蔽的——绝不仅仅是公开的——与他对立的反抗，要花费相当大的力气。不至于因靠近它们而被冻僵，人们必须用自己身上的热量去抵消物体的寒冷；为了不至于被它们的刺扎破流血而死，他必须用无限的灵活性抓住它们。他不期望从身边的人那里得到任何帮助。乘务员、官员、手艺人和店员——他们全都感到自己像一种敌对物质的代表，不得不努力用自己的粗野来暴露物质的危险性。甚至这个国家都已发誓为这种物的蜕变献身，物与这种蜕变一起跟随人的堕落并惩罚人。人像物一样被消耗着，而永不复返的德国的春天，仅仅是无数互相关联的有害的德国自然现象之一。在这种自然里生活，好像人人都承担着的空气柱的压力，突然违反一切常规地在这一带变得可以感觉到了似的。

十一、环境的极端的反抗已经向每一种人类活动的展开发出预告，那种活动可能产生于精神上的或者生理上的冲动。住房紧张和交通控制正在彻底毁灭欧洲自由的基本标志，即欧洲早在中世纪就以某种形式存在的自由迁徙。如果说中世纪的强迫是把人束缚在自然的联合上，那么现在人就是被锁链锁在不自然的共同利益上。很少有什么东西会像勒紧自由迁徙那样加强四处传播的具有灾难性力量的漫游欲，而行动自由从来没有承认变成更大的不调和状态下运动工具的财富。

十二、像一切事物在一个势不可挡的混合与污染过程中丧失其重要特征，而模棱两可的东西正取代本来的东西那样，城市也是如此。大城市的使人感到无比安宁和确定的力量能把创造者关进城堡般的和平中，也能用地平线的景象夺取了他越来越清醒的自然力意识，如今它们到处都显示出已经被侵入的乡村打破。不是被景色，而是被大自然中最不能容忍的东西，即被耕地、林荫大道和再也没有那层薄如蝉翼的红色外衣包裹着的夜空打破。繁华市区本身的不安全感使城市居民完全处于那种捉摸不透而又极其恐怖的状态，在这种情况下，他不得不为孤独的原野感到烦恼而在心中接受那些城市建筑学的怪胎。

十三、对于那些制造的物品而言，一种反对财富与贫穷之界限的高贵冷漠已经荡然无存了。一个把每件东西都打上所有者印记的人，出头露面时只有一种选择，要么作为穷光蛋，要么作为投机商。因为，即使真正的奢华是那种能够渗透精神和社交特征同时会被忘却的东西，那这儿被豪华商品炫耀的东西也带有一种非常无耻的供人观赏的坚固，以至于任何精神的作用都会在它身上撞得粉碎。

十四、好像许多民族最古老的风俗习惯都在向我们发出一种警告，即我们在领受大自然如此丰富的恩赐时，要谨防露出贪心不足的姿态。因为我们不能拿出任何自己的东西赠给家乡的土地。所以我们在接受的时候应该表现出敬畏，同时，我们还应该在将它们占为己有之前，从我们时时领受的全部东西当中拿出一部分还给她。古老的奠酒风俗表现的就是这种敬畏。是的，也许禁止捡起遗失的麦穗或掉落的葡萄是这种非常古老的、合乎道德的经验，虽然变了样，但仍然被保存了下来，这样做对土地或者对带来福祉的祖先们都有好处。按照雅典的习惯，吃饭时掉下的面包屑是不许捡的，因为它们属于神人❸。——倘若社会因饥馑和贪欲而蜕化到只顾掠夺式地向大自然索取的地步，为了在市场上卖个好价钱，在果实没有成熟的时候就摘下来，或者只是为了填饱肚皮，不得不把每一碗饭都吃得精光，那么他们的土壤将变得贫瘠，土地将带来坏收成。

* 皇帝全景（Kaiserpanorama）这个词由"皇帝"和"全景"两个词组成。这种幻灯屋是十九世纪德国人奥古斯特·弗尔曼发明的，可以由二十五人同时观看幻灯片的环形屋子。它像一个巨大的圆筒，高 2.4 米，直径 3.4 米。圆筒周围开 25 对小窗口，窗口里面有一对立体镜，像望远镜的两个镜头。透过立体镜，可以看见画在玻璃上的照片或者画片。画片通过齿轮机械装置控制，从立体镜前面经过。窗口前面有座椅，观众

可以舒适地坐着看里面的画片。因为每个人都能看到里面的全部连环画面，故称之为全景。德国威廉皇帝时代，摄影刚刚兴起，弗尔曼的发明首先放在柏林弗里德利希大街的拱廊里，作为献给皇帝的礼物，故冠以皇帝的名头，以示尊敬。后来，这个装置被广泛用于学校教学并传到欧洲许多城市。第一次世界大战后，电影兴起，全景幻灯屋逐渐消失。目前，在柏林亚历山大广场附近的梅尔克舍博物馆里（位于现在中国驻德国大使馆后面）还可以看到一个从荷兰运回来的皇帝全景幻灯屋。为了弄清这个名称的含义，我曾经问过很多德国朋友，连几个上了岁数的教授都不能解答，可见早已被人们忘却。2000 年 11 月初，我和柏林市文化局官员一起陪同冯骥才先生参观该博物馆，在这里我偶然发现了它。过后我又专门去看了一次并找到博物馆的专家采特勒夫人谈了一个小时，她向我展示了当年的许多套全景幻灯片，多为黑白照片，有威廉二世和王公贵族的生活照，隆重的仪式，柏林城市建筑，外国的风景画和历史故事等等。本雅明在他的《1900 年柏林童年》中有详细描述："在皇帝全景幻灯屋会觉得风景画有一种很强的吸引力，无论从哪一幅画开始观看都无关紧要。因为面前带有座位的画壁是环形的，所以每一幅画都会从所有的座位前面经过，从座位上透过一对小窗口可以看见画面上涂着淡淡色彩的远方。"作者在这里借用童年给他留下深刻记忆的皇帝全景幻灯屋，对德国现实社会进行了一番全景式的素描，所以又名之为"穿越德国通货膨胀的旅行"。这是他在二十世纪二十年代对第一次世界大战后德国社会状况深刻观察的结果。

1　市民（Bürger）这个词的含义在德国有些特殊，演变轨迹如下：它是从城堡（Burg）一词演变的，中古德语中指"守卫城堡者"。后来城市兴起，指受人尊敬的有产者，由此也指资产阶级。现在用来指所有的市民和公民了。它区别于泛指的德意志人即德国人（der Deutsche）。

2　霍屯督人（Hottentotten），非洲南部的土著人。自称"科伊科伊人"，即"人中之人"，以畜牧采集为生，习惯穿兽皮。十七世纪至十九世纪先后遭荷兰、英国、德国殖民主义者围剿屠杀，一度濒临灭绝。

3　指希腊神话中的半神半人。

地下工程施工

在梦里，我看见一片荒凉的地带。那是魏玛的集市广场。那里正在进行挖掘。我也在沙土中挖。突然，一个教堂的尖塔显露出来。我兴高采烈地想：这大概是前万物有灵论[1]时代的墨西哥圣迹，Anaquivitzli[2]。我大笑着醒来。（Ana=àvá；vi=vie；witz = 墨西哥的教堂〔!〕）

1　前万物有灵论（Präanimismus）。

2　安纳珂维维磁力，Anaquivitzli 的音译。原文后面括号里的文字是作者本人的注解。vie 在法语里有"生命"之意，witz 在德语中有"玩笑"之意。作者在梦里创造了这样一个词，好像很得意，这也是他爱玩文字游戏的证明。

为过分讲究的贵妇服务的理发师

应该在一天早晨把库尔菲尔斯藤达姆大街[1]的三千名贵妇和先生们悄悄地从被窝里逮捕并关押二十四小时。午夜时分，在牢房里散发一张关于死刑的问卷调查，同时也要求他们填写，如果出现这样的情况自己将选择什么样的处决方式。他们必须在禁闭室内"以最好的知识"[2]来填写这张问卷，迄今为止，他们只习惯未被询问就"以最好的良心"发表意见。还在黎明——这个时刻自古以来就是神圣的，在我们这里却献给了刽子手——之前，好像死刑问题已经搞清楚了似的。

1　柏林西区最繁华的商业街，简称"库达姆"，即现在从记忆教堂到柯尼希大街的那一段。

2　"以最好的知识"和"以最好的良心"本来应该合在一起作为一个短语使用，意思则是"诚实地"，是德国司法人员和宣誓翻译的誓词中的句子。

注意台阶！

写一篇好的散文有三个台阶：一个是音乐的，在这个台阶上它被构思；一个是建筑的，在这个台阶上它被建造起来；最后一个是纺织的，在这个台阶上它被织成。

本雅明像 [德]B．F．多尔宾 绘

宣誓审计员 *

　　这个时代那样特别地与活版印刷术❶被发明时的情况相对立，非常像文艺复兴时期雕塑艺术中单腿站立的相对姿势。也就是说，不论活版印刷术在德国那个时代出现是或者不是一个偶然，反正那部在语言意义上非同寻常的书，那部书中之书，通过路德的《圣经》翻译变成了人民的财富。现在，一切迹象都表明，该书流传下来的形态正在走向自己的终点。马拉美❷，正如他在某种传统文献的晶体结构中心看到未来文字的真实图像那样，在《掷色子》❸一诗中第一次把广告的绘画张力放进文字图像中去处理。后来，达达主义者进行文字试验时采用的东西，虽然不是从结构而是从文人精确反应的神经出发并且远不如马拉美从自己风格内部产生出来的尝试更持久。但是，恰恰因此允许看清这种风格的现实性，就是马拉美在其最封闭的斗室内，在与当时经济、技术和公共生活的全部决定性事件的前定和谐中发现的单子④的东西。在印好的书里找到避难所并在那里过着自治生活的文字，被广告无情的硬拉着张贴到大街上，并被强加于野蛮的经济混乱的他治之下。这是文字新形式的严格受教育过程。如果说，几百年前，文字曾经开始缓慢地躺下，又从直立的碑文变成躺在斜面桌上倾斜的手写体，为了最终在活版印刷术中被小心地置放，现在它又开始同样缓慢地从地上站立起来了。报纸已经更多地被人拿着竖起来看而不是平放着看了，电影和广告把文字完全挤到专制的垂直线上。同时代人在打开一本书之前，一场如此密集的、由变幻莫测、五彩缤纷而又争论不休的铅字组成的暴风雪便已经降落到他的眼睛上，使他那钻入书中远古之宁静的机会变得微乎其微。今天，文字的蝗群已经使大城市居民感到自以为是的精神太阳暗淡无光，它们还将年复一年地变得更加密集。其他商业生活的需求继续起着引导作用。卡片索引带来了三维文字的胜利，也就是一种文字起源时期被当作鲁内文❺或结绳文字时期令人惊异的三维性对位❻。（而今天书籍已经像当前的科学生产方式教导的那样，成为两种不同的卡片索引系统之间过时的中介。因为一切重要的东西都可以在研究者撰写的卡片箱里找到，在这里进行研究的学者撰写的卡片箱里找到，在这里进行研究的学者把它们吸收进自己的卡片索引。）但是，毫无疑问，文字的发展不会被束缚在科学和经济领域混乱运转的权力

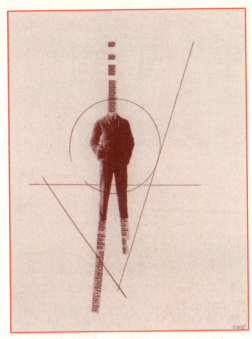

达达像 [德] 格奥尔格·格罗茨 作（约 1919 年）

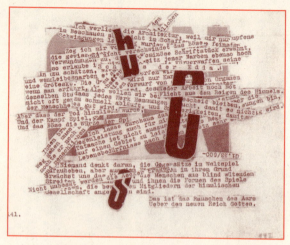

达达主义作品《最后的宣言》[德]约翰纳斯·巴德尔 拼贴（1918年）

要求上而停留在难以预料的地方，更确切地说，数量转变为质量、文字不断深入地向其新奇古怪的图像性绘画领域推进并突然捕获与之适合的实在内涵⑦的时刻正在到来。对这种象形文字，诗人们将来只能合作，然后，当他们打开那些领域时，他们将会像在远古时代那样捷足先登，成为文字专家，在那些领域里（不用进行大肆

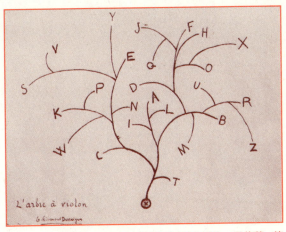

达达主义作品《小提琴树》[法]乔治·里伯蒙-德赛涅 作（1920年）

地自我吹嘘）文字的结构便产生了：即统计的和技术的示图结构。随着一种国际转换文字的创立，他们将在各民族生活中更新自己的权威并发现一个角色，与这个角色相比，一切谋求更新修辞学的抱负都将被证明为旧式的梦想。

* "宣誓审计员"（Bücherrevisor）指有资格查账的会计师或税务顾问，审计员这个词的德文由"书籍或账目"（Buch/Bücher）和"审阅者或终审校对员"（Revisor）两个词组成（只是出版社的终审校对没有宣誓一说）。这段议论起于"书"这个词引起的联想，集中论述书籍和文字的发展及其未来。今天，人们阅读这段文字会特别惊异并感叹他的先知先觉。

1　德国人古腾贝格（Johannes Gutenberg，1397—1468）于 1445 年铸铅字发明活版印刷术。虽然中国的活字印刷出现在宋代庆历年间(1041—1048)，发明者毕昇首创泥活字印刷术，但后来出现金属活字，因金属字不易着墨，在中国未能推广。德国人发明了油墨，铅合金（铅 75%，锑 20%，锡 5%）的活字印刷才得到推广。

2　马拉美（Stéphane Mallarmé，1842—1898），法国象征主义诗人。

3　《掷色子》（Coup de dés），也被译成《孤注一掷》，是马拉美的一首长诗。

4　德国哲学家莱布尼茨认为构成存在的基础是不可分的、自由独立的精神实体，即单子。最高级的单子是上帝。由上帝安排的单子之间的和谐一致被称为单子的"前定和谐"。

5　鲁内文，日耳曼人最古老的文字，有的刻在石碑上。

6　对位，音乐术语。指两个或两个以上独立声部在和谐的织体中的结合，是一种组织音乐素材的方式。

7　实在内涵（Sachgehalt），可参见本雅明的如下论述："批评所探寻的是艺术作品的真理内涵，而评论所探寻的是其实在内涵。这两种内涵之间的关系决定着文学创作的基本法则，即：一部作品的真理内涵越是意义深远，就越与其实在内涵紧紧地连在一起，而不易被察觉。"（本雅明：《经验与贫乏》，天津，百花文艺出版社，1999）

教具

大部头的原则或者炮制厚书的艺术

一、全部论述必须从段落的持续不断而又词汇丰富的叙述中生长出来。

二、必须插入除了这个定义本身之外整本书中不再出现的概念术语。

三、正文里辛苦获得的概念标志必须在对有关地方的注释中重新抹去。

四、对仅仅在一般意义上论及的概念必须举例：在谈到机器的地方，必须一一列举机器的所有种类。

五、先验地被一种客体确定下来的一切东西都必须通过大量的例子来证实。

六、可以用图解方式说明的关联必须用语言说出来。比方说，不是要画一棵出身之树❶，而是要说明和描述全部亲缘关系。

七、具有同一理由的众多论敌，必须一个一个地驳倒。

今日学者们的平庸之作想被人像卡片索引那样阅读。可是人们什么时候会像做卡片索引那样写书呢？假如糟糕的内心世界已经渗透到外面来，那么一部这样的杰作便产生了，也就是说，在它还没有被陈列出售时其观点的价值便可想而知了。

只有在书版印刷的造型精确性直接进入文学家的写书计划中去时，打字机才会使他的手与钢笔疏远。估计那时候将需要一些新的具有更富于变化的文字形态系统。那些系统将会把发布命令的手指的神经分布安排到熟练之手的某些地方。

一个按照诗韵学构想的、对韵律中唯一受到干扰的地方耿耿于怀的时期，会造就出可以想象的最美的散文篇章。穿过壁上小孔的光束就是这样射进炼丹术士的房间并让那些结晶体、球体和三角铁闪闪发光的。

1　家谱树（Stammbaum），即出身之树，因为德国人把家谱画成一棵树，用树的根、干、枝来表示家庭的起源与发展。1999 年，我陪同杜文棠老师在奥德河畔法兰克福区的克莱斯特故居参观，第一次看到这样"出身之树"。

德国人，
喝德国的啤酒吧！

　　下等人被反对精神生活的疯狂仇恨弄得着了魔，他们在报数的时候看到了消灭那种精神生活的保证。无论在哪里，只要有人允许，他们就会排成整齐的队列，像行军似的拥向连天的炮火或者上涨的行情。他们一个个目不旁视，眼睛只盯着前一个人的脊背，而且每个人都为这样被称作紧随其后者的榜样而感到骄傲。千百年来，男人们在战场上早已明白这一点，而将贫困检阅一般展示出来的排队却是女人们的发明。

禁止张贴！

作家写作技巧的十三条论纲

一、要打算写一部比较大部头的作品，一定要把自己弄得舒舒服服并保证在完成定额之后，一点儿也不影响继续写作。

二、如果你想谈谈已经完成的部分，那是可以的，但不要一边工作一边从中拿出来朗读。你因此而获得的每一次满足都妨碍你的写作进度。遵循这一条原则，任何想告知他人的愿望，最后都将成为圆满完成的推动力。

三、工作时要想办法躲避日常生活的平庸。带有无聊声响的不完全的宁静是难以忍受的。与此相反，肖邦或李斯特的练习曲或者工作时窸窣的嘈杂声，则会与深夜听得见的宁静同样重要。假如这种宁静能使内耳变得更加灵敏，那么它会成为文体的试金石，它的充盈本身会消除那些讨厌的噪声。

四、要避免使用随手拈来的工具。学究式地坚持使用某种纸张、笔和墨水是有好处的。这不是奢侈，这些小文具应有尽有是绝对必要的。

五、不要让你的任何思想隐姓埋名地过境，要像有关当局使用外国人登记簿那样严格地使用你的笔记本。

六、让你的笔在灵感面前矜持些，灵感将借助磁力把它吸引到自己身边来。你愈深思熟虑地推敲突然想到的东西，它就会愈臻于成熟地提供给你。演说征服思想，但文字统治它。

七、决不要停止写作，因为那样一来你就再也不会忽然想到什么了。这是文学荣誉的一条戒律，只有必须遵守的日程（如吃饭、约会）或者在这部作品完成的时候，可以中断写作。

八、用已完成文稿的干净副本来充填灵感暂时中断造成的间隙。直觉会在这期间觉醒。

九、Nulla dies sine linea ❶（每天至少画一笔）——但也可能若干星期。

十、永远不要把自己的作品看作是完美的，假如你没有为它从傍晚一直坐到天亮的话。

十一、不要在你习惯的工作室里写作品的结尾。在那里，你可能找不到写结尾的勇气。

十二、写作的台阶：思想——风格——文字。誊清稿的意义是在它以书面形式固定下来的过程中，注意力更多的只涉及书法。思想扼杀灵感，风格束缚思想，文字酬报风格。

十三、作品是写作计划的死者面型[2]。

反对自以为懂艺术者的十三条论纲

（自以为懂艺术的人在艺术批评的私人办事处里。左边一张儿童图画，右边一个原始民族崇拜的偶像。自以为懂艺术的人："这里全部毕加索的东西都可以收起来了。"）

一、艺术家制作一件作品。／未受教育的人[3]在文献里表达自己的观点。

二、艺术品仅仅附带地被当作一个文献。／任何文献都不能充当这样一件艺术品。

三、艺术品是一件杰作。／文献用来充当一个教育剧本。

四、在艺术品旁边艺术家学习手艺。／在文献面前读者受到教育。

五、艺术品因其尽善尽美而一件与另一件远远地保持距离。／在材料里面所有的文献都互相关联。

六、内容与形式在艺术品里合而为一：内涵。／在文献里充斥的完全是材料。

七、内涵是经过考验的东西。／材料是梦想出来的东西。

八、在艺术品中材料是观察扔掉的累赘。／在一个文献里人们迷失得越深，显得越稠密的东西：材料。

九、在艺术品里形式原则是集中的。／进入文献，形式只能是被击溃的。

十、艺术品是综合的：力量的中心。／文献的丰饶想的是：分析。

十一、艺术品在重复的注视中会越来越强。／一个文献只能通过意外事件掌握。

十二、艺术品的阳刚表现在进攻。／对于文献来说它的清白是一个掩体。

十三、艺术家走向征服内涵。／未受教育的人躲在材料后面。

批评家之技巧的十三条论纲

一、批评家是文学战斗中的战略家。

二、不能抓住派别的人，应该保持沉默。

三、批评家和以往艺术时代的解释者没有任何关系。

四、批评必须用艺术家的语言说话。因为圈子的概念全是口号。而且只有在口号中，战斗的呐喊才能发出声响。

五、如果为之而战的事业是有价值的，"现实派" [4] 必须总是准备为派别精神做出牺牲。

六、批评是一项道德的事业。假如歌

德对荷尔德林、克莱斯特、贝多芬以及让·保尔的判断有错误，那不是他的艺术理解力不行，而是他的道德有问题。

七、对于批评家来说，更高一审法院是他的同行。不是公众。更不是后世。

八、后世不是忘却就是赞美。只有批评家面对作者。

九、论战就是用那本书中的寥寥数语毁灭那本书。对它研究得越少越好。只有能毁灭的人能批评。

十、真正的论战那样温柔地把一本书摆在面前，就像一个吃人生番准备吃一个婴儿。

十一、艺术激情对批评家来说是陌生的。艺术品在他手里是精神战斗中的冷兵器。

十二、简言之，批评家的艺术是：创造口号而不背叛理念。缺乏批评的口号把思想高价出售给时尚。

十三、公众不得不总是受委屈，然而又总是感到必须由批评家来代表自己。

1 拉丁文："每天至少画一笔"，公元前四世纪后半期古希腊画家阿佩莱斯（Apelles）的名言。

2 死者面型一般用石膏或蜡制作。

3 该词原文为 Primitive，有"原始，蒙昧，未开化，野蛮，低级"等含义。在二十世纪初，欧洲兴起的"原始派艺术"崇尚非洲雕塑等原始民族艺术的造型语言。

4 这里指的是二十世纪二十年代德国一个文学艺术流派"新现实派"（Die Neue Sachlichkeit），也称之为"新客观派"。他们反对表现主义，试图客观地反映现实生活。代表人物有克里斯蒂安·沙德和马克斯·贝克曼。

13 号

十三这个数——

每当我碰上它，

都有一种强烈的快感……

　　　　——马塞尔·普鲁斯特[1]

掀开一本从未读过的新书，

将一把刀或者一把裁纸刀插入书页，

实施对书的占有。

　　　　——施特凡纳·马拉美[2]

一、书和妓女都可以带着上床。

二、书和妓女都把时间搞乱。它（她）们支配夜如昼、昼如夜。

三、谁也看不出几分钟对书和妓女是宝贵的。但是，只有与它（她）们更亲密地交往，人们才会发现它（她）们多么性急。当我们专心致志地深入于它（她）们的时候，它（她）们会开始计时。

四、书和妓女之间自古以来就有一种不幸的爱。

五、书和妓女——它（她）们各有自己类型的男人，它（她）们靠那些男人生活又使他们烦恼。书籍的男人是批评家。

六、书和妓女都是在公共的房子③里——对大学生们来说。

七、书和妓女——占有它（她）们而又能看到它（她）们结局的人极少。它（她）们常常在韶华凋谢之前失踪。

八、书和妓女都那样喜欢谎话连篇地讲述自己是怎样成为现在这个样子的。事实上，它（她）们自己也常常并不觉察。那时候，有数年之久，它（她）们"因为爱"而去追随一切，有一天，它（她）们突然挺着肥胖的躯体站在街头④，以前它（她）们总是仅仅"为了学习的缘故"从这里飘然而过。

九、书和妓女都喜欢转过身去，当它（她）们要展示自己的时候。

十、书和妓女都使很多人变得年轻。

十一、书和妓女——"祷告没完的老女人——年轻的窑姐"。今天，年轻人应该从中学习的书籍有多少过去不是声名狼藉啊！

十二、书和妓女都把自己的争吵摆到人们面前。

十三、书和妓女——书里的脚注，在妓女身上表现为连袜裤里的钞票。

1　原著此处为法语，李清安译。

2　原著此处为法语，李清安译。

3　公共的房子，在德语中是妓院的别名。

4　指摆在书店橱窗里的大部头名著和站在街头拉客的妓女。

武器和弹药

为了看望一位女友，我来到里加[1]。她的房屋、她的城市和她的语言，我都不熟悉。没有人等我，没有人认识我。我在大街上孤零零地走了两个钟头。就这样我再也没有看见她。每家每户的大门口都喷出一道火舌，每一块墙角石都迸出火花，每一辆有轨电车都像救火车似的疾驶而来。她很可能从一个大门里走出来，拐过墙角，也可能恰好坐在电车里。但在我们两个之中，无论如何，我必须成为第一个看见另一个的人。因为，假如她将目光的导火索先埋到我身上——那我可能不得不像一座火药库那样飞上天空。

1　里加是拉脱维亚共和国的首都。这位女友应该就是指他的女友、本书题词中的阿西娅·拉西斯。1926/1927 年本雅明曾经去莫斯科拜访她并在那儿逗留一个月。参见本雅明的《莫斯科日记》。

急救

　　一个极其混乱的城区，一张街道之网，多年来一直被我回避着。有一天，它突然在我心中变得清晰起来，那是一个我曾经爱过的人搬进那里去的时候。那情景就像有一架探照灯被放置在他的窗子里并用光束把那个地区割得七零八落。

室内装饰

Traktat[1]是一种阿拉伯的文体。从表面上看它不分段，也不引人注目，相当于阿拉伯建筑物的正面，到天井里它才分段并渐渐升高。这种短论的段落结构也是这样，从外面也看不出什么，只有从里面才能开启它。即使它由章节构成，那些章节也不加文字标题，而是用数字来表示。论述部分的表面不像绘画那样热闹，更确切地说，它是用连续不断穿插着的图案之网覆盖着的。在这种描述性的缜密图案中，论述扣题也好，离题也好，它们之间的区别消失了。

1　这是个渐旧词语，指科学的、政治的和文学的短小论文、杂文和文章，甚至谤书也归入此类；语言倾向于形象化。

纸张和文具

　　法卢斯[1]地图。我认识一个精神恍惚的女人。在我熟悉的供货人的名字上、在文献保管处、在朋友和熟人的住处以及度过一次幽会时光的地方，她觉得到处都张贴着政治的概念、党派的口号、忏悔的套语和命令。她生活在一个标语口号的城市里，她所在的城区充满了进行密谋和发誓结拜为兄弟的单词，那里的每一条小巷都公开表明了自己的观点，而且每个单词都是一声要求发出回声的战场上的呐喊。

　　贺帖。"让一根芦苇出出风头吧！——让芸芸众生都尝到甜头吧！——愿可爱的词句从我的笔管里流出来吧！"[2]——于是，词句便紧跟着"对极乐的渴望"[3]像一颗珍珠那样从张开的贝壳中滚了出来。

袖珍日历。对北欧男人来说，很少有什么特点比这个更典型了，那就是，当他表示爱情的时候，无论如何也要首先独处一次，在他走向女人并表露爱情之前，必须先亲自观察并享受一下自己的感觉。

镇纸。协和广场：方尖碑。四千年前就有一些东西被镌刻在它上面，今天它立在世界最大的广场中心。假如这是有人向法老预言过的事情——那对他来说这是怎样的胜利啊！有一天，首屈一指的西方文化王国将在自己国家的中心，背负起他的统治的纪念碑。实际上，这种光荣是一种什么样子呢？从这里走过的一万个人里没有一个人会停下来；而停下来的一万个人里没有一个人能读出上面的碑文。任何一种荣誉都这样履行自己的诺言，而任何预言都不像它那样诡计多端。因为永垂不朽的事物就像这座方尖碑一样立在那儿：它调节着在它周围呼啸而过的精神交往，而镌刻在那上面的碑文对任何人都没有用处。

1　法卢斯（Pharus），德国一家地图出版公司的名字。

2　本诗是歌德《西东诗集》中《歌者之书》的最后一首。

3　"对极乐的渴望"是歌德《西东诗集》中《歌者之书》里倒数第二首诗的标题。

时髦服饰用品

无可比拟的骷髅头的语言：他把完全没有表现力——他眼窝的黑暗——与最疯狂的表现——两排狞笑的牙齿融为一体。

一个自以为被遗弃的人在阅读，他感到痛苦，他想打开的那一页，已经被剪成碎片，连那一页也不再需要他了。

礼品必须使受赠者像受到惊吓那样深感震动。

当一位令人尊敬、有修养而又注意修饰的朋友寄给我他的新书时，我感到惊异的是在我刚要打开它的时候，怎样地正了正自己的领带。

一个注重社交形式但却常常撒谎的人，就像一个人衣着虽然时髦但却没穿衬衫。

假如烟头上的烟和笔尖流出的墨水具有同样轻盈的特征,那我可能就到达自己写作生涯的阿卡狄亚[1]之境了。

幸福就是能够认识自己而不感到惊恐。

1　阿卡狄亚（Arkadien），古希腊一个风景幽美、民风淳朴的地方，泛指世外桃源，这里指一种写作的最高境界。

放大

　　阅读的孩子。他从学校图书馆里借到一本书。在低年级班里书是被分发的。他只是偶尔敢提出一个愿望。他经常妒忌地看着自己渴望得到的书被分到别人手里。现在终于得到了他想看的那一本。整整一个星期，他完全沉浸在那本书的故事之中，他感到书中的人物时而温和、时而神秘、时而稀稀落落、时而非常拥挤，就像围绕着人飞舞的雪花。他怀着无限的信任向人群中走去。书中的宁静越来越诱人！书的内容根本不那么重要。因为那本书还涉及那样的时刻，就和他自己躺在床上曾经想象过的故事一模一样。他会沿着那些故事中影影绰绰的小路走去。在阅读的时候，他堵住耳朵；他的书放在太高的桌子上，一只手总是放在书页上。他觉得在字母的漩涡里仍然可以看到英雄的冒险经历，就像在纷纷扬扬的大雪中看到的人影和听到的信息那样。他在那些事件的氛围里一同呼吸，所有的人物都在向那个事件里呵气。他比成年人更贴近地混杂到那些人物中。他难以形容地被书中的事件和交谈的话语感动，当他站起来时，阅读过的那些故事便像雪片似的把他完全覆盖住。

迟到太久的孩子。校园里的钟看起来像被他的过失损坏了似的。它正指着"太晚"。听不清的窃窃私语声正从他悄悄溜过的楼道两边一个个教室的门缝里钻出来。在那些门后面，老师和学生成了朋友。或者，教室里鸦雀无声，好像在等待一个人似的。他悄悄地把手放在门把上。阳光正侵蚀着他站立的那个地方。这新鲜的一天被玷污了，他打开门。他听见老师

本雅明在法国国家图书馆（1937 年），那个日夜
期盼借到学校图书室一本书的孩子长大了。

的声音像磨坊的水轮机发出咯吱咯吱的声
响；他站在磨坊的机械装置前面。那咯吱
咯吱的声音保持着自己的节奏，可是此
刻，那些磨坊工人都将自己肩上的东西全
扔了下来，放到这个新来的孩子肩上；十
个、二十个沉重的袋子向他飞来，他必须
把这些袋子统统扛到仓库里去。他的小大
衣上，每根纤维都粘着白色的粉尘。他像
一个可怜人，在午夜里每走一步都发出隆

隆的声响，可是谁也看不见他。然后，他坐到位子上，像别的孩子一样轻轻地忙碌起来，直到下课铃声响起。但这时候他并不觉得是什么好事儿。

偷吃甜食的孩子。在一个没有打开的食品柜的门缝里，他的手像一个恋人穿过黑夜那样向前深入。如果那只手在黑暗中很在行，那它就会伸向糖、杏仁、无核葡萄干或蜜饯。而且，像情人在接吻前拥抱他的姑娘那样，触觉在嘴品尝甜食之前和它们也有一种幽会。像蜂蜜甘愿奉献自己那样，一堆无核葡萄干，甚至米饭也献媚地投入他的手中。它们双方相遇时多么热情啊，现在终于不必再用小勺了。草莓果酱感激而又任性，像一个被人从父母家里抢走的女子那样，现在也不用再抹到小面包上，而是可以像在上帝的自由天堂里那样任意品尝了，连黄油也温柔地回报那位闯入自己闺房的勇敢的求婚者。那只手，如同年轻的唐璜，不大工夫就闯遍一个个大大小小的房间，在手摸过之后，那流动的表层和涌流的数量：犹如处女的贞洁，无怨无悔地得到更新。

　　坐旋转木马的孩子。带有驯服动物的木板紧贴着地面滚动着。那高度最适合梦想飞行。音乐响起来了，孩子的木马滚动着一颠一颠地从母亲身边离开。起初他害怕离开母亲。但后来他发现，自己能行。他像一个忠实的统治者高踞于自己的世界之上。在城市的外切道❶上，树木和土著人组成夹道欢迎的行列。这时候，母亲又出现在一个东方的国度。然后，一棵树的树梢从原始森林里显露出来，好像他几千年前已经看见过它似的，也像刚刚在旋转木马里才看见的那样。他的坐骑对他很有好感：犹如沉默的阿瑞翁❷带着他骑在不会说话的鱼背上向前驶去，又像木牛宙斯把他当作美貌无瑕的欧罗巴劫持❸。万物永恒的回归早已变成儿童的智慧，而生命则变成了一个古老的统治的陶醉，与中心嗡嗡作响的管风琴一起被当作王室的财宝。当转动速度慢下来的时候，空间开始不均匀地跳动起来，那些树也开始恢复知觉。旋转木马变成了不安全的原因。母亲出现了，从木马上下来的孩子，将目光的绳索缠绕在多次被撞坏的木桩上❹。

不爱整齐的孩子。他觉得自己发现的每一块石头、采集的每一朵花和捕捉到的每一只蝴蝶都已经是一种收藏的开始，他所拥有的一切使他认识到这个收藏是独一无二的。在他身上，这种热情显示出自己的真面孔和严肃的印第安人的目光，那种目光只有在古董商、学者和藏书迷的眼睛里还在忧郁而又狂躁地继续燃烧。他几乎还没有进入生活，就这样成了猎人。他追逐着妖魔鬼怪，在各种各样的东西中嗅着它们的足迹；他觉得岁月在鬼魂与事物之间流逝，在它们当中，他的视野里始终没有人。他觉得像在梦里：他不认识什么永恒的东西；他认为，凡是他遇见的和遭遇到的都是命中注定。他的漂泊岁月是在梦幻之林里游荡的时辰。他将猎物从那里拖回家，把它们洗净、固定并使之失去魔力。他的抽屉必须变成武器库、动物园、刑事犯罪博物馆或者殉教者的墓穴。"整理"也许意味着毁灭一座建筑，满身是刺的栗子是古时候一种带刺的兵器，锡纸是银制的财宝，积木是棺材，仙人掌是图腾树，铜铸的芬尼硬币是盾牌。在母亲的衣柜旁边，在父亲的藏书室里，这孩子早就学会帮忙了，可是，他在自己的辖区里，仍然是一个不安分而又好斗的客人。

捉迷藏的孩子。他已经认识住宅里所有的藏身之处并且像回到一所他感到安全、一切都可以在原地找到的房屋里。如果他的心怦怦直跳，他就屏住呼吸。在这儿，他被关进了物的世界。他觉得这个世界正变得非常清晰并不声不响地来到他跟前。所以，一个人在被绞死的时候才会意识到什么是绞索和木头。站在门帘后面的孩子会自动地变成某种飘动之物和白色物体，变成幽灵。他蹲伏在其下的餐桌会把他变成寺庙里的木头偶像，雕花的桌子腿变成了四根柱子。如

（左起）本雅明、弟弟格奥尔格、妹妹多拉

093

果他躲在门后面，那他自己也就成了门，他会把门当作沉重的面具戴在脸上并变成会施展魔法的牧师，向所有一无所知走进来的人施展魔力。无论如何，他决不可以被人发现。如果他做鬼脸，有人会告诉他，只要一敲钟，他就必须那样呆着不动。他知道在他的藏身之处旁边真实的东西是什么。谁发现了他，谁就可以把他当作神像定在桌子下面，或者把他当作幽灵永远织进窗帘里，或者把他终生赶进沉重的门里去。因此，如果寻找者要抓住他，他会向那个他变的恶魔大喊一声，让自己溜走，这样一来别人就找不到他了——是的，假如他在那个时刻等得不耐烦了，他会大喊一声，抢在那个人前面脱身。因此他会不厌其烦地与魔鬼战斗。那时候，他的家就是一个面具的武库。尽管如此，礼物仍然一年一度地放在那些阴森可怕的地方，放在那些空洞的骷髅眼窝里和僵硬的嘴巴里。不可思议的经验变成了知识。孩子作为父母亲的工程师使他们的阴暗住宅失去了魔力并寻找复活节的彩蛋。

1　外切道，指沿城市边缘通过的道路。

2　阿瑞翁（Arion，公元前620年左右），古希腊诗人、音乐家、颂歌形式的创始人、悲剧形式的开路人。希腊罗马神话中关于他的故事有：当他在大海上即将被劫持时，他请求再次弹琴歌唱并趁机跳入大海，一只海豚把他救走。

3　希腊神话中，宙斯曾变成一头公牛劫持了腓尼基国王的女儿欧罗巴。

4　可能指孩子从旋转木马上下来时那种天旋地转的感觉。

古董店

圆形雕饰。在一切有理由被称之为美的东西上面，都有一种看起来似是而非的东西在起作用。

转经筒[1]。只有想象出来的图画能有效地滋养意志。相反，为了带着焦味继续燃烧，意志极容易被赤裸的言词点燃。没有精确的图画般的想象，就没有治愈的意志。没有神经支配就没有想象。这时候，呼吸是神经支配最细微的调节。套语的声响是这种呼吸的一篇祈祷文。所以，实践就是在神圣的音节之上呼吸并冥思的瑜伽。所以它是万能的。

古典时期的调羹。给最伟大的叙事文学作家保留下来的一件事情就是：能够喂养它们的英雄。

旧地图。大多数人在爱情中寻找永恒的故乡。另一些人，虽然很少，但却在寻找永恒的旅行。后一种人是些多愁善感的人，他们必定害怕在这儿接触故乡。谁能使他们摆脱故乡的忧伤，他们就去找谁。他们会对那个人保持忠诚。中世纪相面的书籍[2]了解这类人对远行的渴望。

扇子。人们将获得下面的经验：一个人如果爱上了某个人，那他甚至只会全神贯注地和那个人打交道，因此他几乎能在每一本书中发现那个人的肖像。是的，他会作为正面人物出现，也会充当反面人物。他会在短篇小说、中篇小说和长篇小说中不断地碰见那个人的新变化。由此可以得出结论：幻想能力是一种天赋，能在无限小的事物中插入，能为任何强度虚构出新的拥挤的充实作为扩展物，简言之，能接受任何一幅图像，那幅图像仿佛一把折叠起来的扇子上的画像，当扇子展开时，那幅图像才能喘一口气，随着扇子渐渐展开，被爱者的容貌才会在他心中呈现出来。

浮雕。与一个所爱的女人在一起并和她谈话。然后，数周或数月之后，当他与她分手时，他会重新想起他们在一起时谈话的内容。这时候，他会觉得当时的话题平庸而又刺耳，也没有深度，他认识到：只有她，那个出于爱而向他深表倾心的女人，使那种话题在我们面前留下阴影并加以保护，像一尊浮雕活在全部皱褶里和所有思想的隐蔽处。假如我们像现在这样孤独，那么思想就会绝望而且没有阴影地平躺在我们的认识之光里。

残缺的雕像。似乎只有知道把他自己的过去看作强制与贫困之畸形产物的人，才有能力使自己的过去本身在当前任何情况下都具有最高的价值。因为一个活着的人充其量可以和一个在运输过程中四肢被打掉的美丽雕像相比，而现在，那座雕像除了适合充当他必须从中雕出自己未来雕像的宝贵石料之外，什么也不是了。

1　转经筒又称"嘛呢经筒"。藏传佛教认为，把经文放在转经筒里，每转动一次就相当于念颂一遍经文，成百千万遍的反复念诵"六字大明咒"表示对佛的虔诚，可得解脱轮回之苦。

2　通过人的头发、眼睛和皮肤之颜色预言人命运的书籍。

钟表和金饰

谁醒来之后穿上衣服去看日出，比方说在一次漫游中，谁就会整天在所有别的人面前保持一种看不见的统治者的自信，而且在工作中，他冲向谁，谁就会在中午时分感到，他亲自给自己加冕了似的。

书的页码像生命之钟悬挂在小说人物头上，钟表上每一秒都只顾向前飞奔。哪一位读者不曾匆忙而又胆怯地仰视过它呢？

我梦见我和罗特❶——新上任的讲师——同事般地交谈着穿过一座博物馆宽敞的展厅，他是那个博物馆的馆长。当他在旁边一个展室和一个职员谈话的时候，我走到一个陈列柜前。那个陈列柜里摆着一个几乎和真人一样大的女子半身像，很有点像柏林博物馆里那个所谓的莱奥纳多

《花神》弗朗西斯科·梅尔兹

的芙罗拉[2]，旁边零散地堆放着一些更小的金属的或珐琅质的展品，反射的光有些暗淡。她的金脑袋上的嘴张开着，下颌的牙齿上摆着饰物，其中一部分悬挂到嘴巴外面，长短恰到好处。我觉得，毫无疑问，那可能是一个座钟。——（梦的主题：赧颜，早晨口中有黄金[3]；

情人的长满乌黑浓发的头，

戴着贵重的首饰，

像毛茸茸的花倒在床头柜上，

休息。——波德莱尔[4]）

---

1   罗特（Roethe）和 Röte（红色）发音相同，由此想到复合词 Scham-Roethe（赧颜，羞惭脸红）一词。

2   芙罗拉（Flora），古罗马神话中的春天和青春女神。

3   德国谚语的直译，相当于中国的谚语："一日之计在于晨。"

4   原著此处为法语，李清安译。

弧光灯

唯有不寄希望地爱着他的那个人才了解他。

内阳台[1]

天竺葵。两个相爱的人超越一切地依恋的是他们的名字。

丹麦石竹。热恋的人觉得被爱的那个人好像总是寂寞的。

阿福花。在被爱的人身后，家族[2]的深渊会像家庭的裂痕一样弥合。

仙人掌花。如果被爱的人无理取闹，真正热恋的人会感到高兴。

毋忘我。在回忆中，被爱的人总是被缩小了的。

观叶植物。假如障碍出现在结合之前，那么对白头偕老的想象就会接踵而至。

1　原文：Loggia，源自意大利语，指有柱子的敞廊，或缩进的阳台，柏林民居中常见。

2　原文：das Geschlecht，这个词有：性别、种属、家族、宗族、世代和性欲等含义。

失物招领处

失去的东西。使风景里的一个村庄或一个城市的最初一瞥显得那样无与伦比而又那样不可复得的东西是远景与近景最严密地融为一体。习惯尚未产生影响。我们开始找到进入的路径之后，那风景才会一下子消失，就像一幢楼房的正面在我们走进去后消失那样。它还没有通过连续的、已变成习惯的探究而获得任何优势。一旦我们开始在这个地方找到了进入的路径，那最初的画面就再也不能恢复了。

本雅明像 [法] 吉泽尔·弗伦德 摄影 (1938 年)

失而复得的东西。那蔚蓝的远方，它在那里对近处寸步不让，再度靠近它时，它也不消失，走近它时，它仍然躺在那儿，不傲慢，也不絮叨，只给人一种更难接近、更咄咄逼人的感觉，原来那是画出来的作为背景的远方。它赋予舞台布景无可比拟的特征。

不超过三辆出租车的停车场

　　我在一个地方站了十分钟，等一辆公共汽车。"《不妥协报》……《巴黎晚报》……《自由报》" ❶，一个卖报的女人在我身后不停地用同一个声调喊着。"《不妥协报》……《巴黎晚报》……《自由报》"——一间平面图为三角形的牢房。我望着前方，那些角落看起来多么空虚啊。

　　我在梦中看见"一座声名狼藉的房屋"。"一家旅馆，里面住着一种娇生惯养的动物。它们几乎全都只饮讲究的动物饮用水。"我梦见自己讲了这两句话之后，立刻吃惊地跳起来。原来，我是因极度疲倦在灯火通明的房间里和衣倒在床上并于几秒钟之后立刻入睡的。

从简陋的出租房屋里传出那样一种极其哀伤而又放纵的音乐，使人不愿意相信它是演奏者演奏给自己听的：那是为摆满家具的房间演奏的音乐，一个人每个礼拜日都坐在那个房间里陷入沉思，那些思想很快就用这种音符把自己装饰起来，像一盘用枯萎的树叶点缀的熟透的水果。

1　法文原文："L'Intran … Paris-Soir … La Liberté"。

阵亡战士纪念碑

卡尔·克劳斯[1]。没有什么比做他的门徒更令人绝望，没有什么比做他的对手更遭上帝摈弃。可能再也不会有任何名字更恰当地被人用沉默来表示敬仰。他全身披挂着一种古老的铠甲，愤怒地狞笑着，像一个中国的门神，双手挥舞着出鞘的宝剑，在德国语言的拱形墓室前面跳着战斗之舞。他"不过就是居住在那座古老语言大厦中的巨匠模仿者之一"[2]，已经变成了那种语言之墓的看护人。他坚持不懈地日夜守卫着。从来没有一个岗位被更忠诚地守卫过，从来没有一个守卫者比他更徒劳。他站在这儿，像一个达那伊德[3]姐妹从同时代人的泪海里汲取眼泪，他觉得那块从他手里滚出本应埋葬敌人的岩石和西西弗手上的石头无异。还有什么比他改变宗教信仰④更让他束手无策？还有什么比他的人道主义更软弱无力？还有什么比他与新闻界的斗争更令人绝望？关于真正和他结盟的力量他知道些什么？但是，新巫师的哪一种预言能够与仔细倾听魔法神甫的布道——一种业已死亡的语言本身使他想起来的话语——相比？自古以来，谁能像克劳斯那样在"被遗弃者"身上召唤幽灵？难道"对极乐的渴望"以前从未被写入诗中？只有鬼魂的声音听起来才那样无可奈何，那是从冥界的语言深处传来的为他占卜的喃喃低语。虽然每一种声音都无可比拟的真实，但它们都像鬼魂的演说那样令人一筹莫展。语言像亡灵一样盲目地呼唤他起来复仇，那是一些像只熟悉嗜血呼声的头脑狭隘的幽灵，听起来很像它们在活人王国里搞煽动。但他不能迷路。它们的授权是不容置疑的。谁阻拦他，谁就已经受到审判：他的名字在他这张嘴里自己变成了判决。他的嘴一张，那无色的诙谐火焰便在他嘴唇上燃烧起来。而正走在人生之路上的人可能没有人会碰到他了。在一个远古的荣誉的战场上，那是一个巨大而又血腥的古战场，他正站在一个被遗弃的墓碑前咆哮。他的死亡带来的荣誉是无法估量的，那是赠给他的最后的敬意。

1　卡尔·克劳斯（Karl Kraus，1874—1936），奥地利作家，杰出的讽刺大师，著有抒情诗、格言、杂文和戏剧。1899 年他拒绝《新自由报》的聘请，独自创办杂志《火炬》并作为主要撰稿人，直至 1936 年。代表作有《文学的毁灭》、《锡安山上的王冠》、反战诗剧《人类的末日》和《瓦普吉斯的第三夜》，以及遗著《语言》（1937）等。布莱希特和本雅明对他推崇备至。这篇短文可以视作本雅明对克劳斯的致敬词。

2　出自卡尔·克劳斯的诗《自白》。

3　达那伊德（Danaïde），达那俄斯（Dadaos）的女儿。达那俄斯，古希腊传说中的国王，他指使自己的五十个女儿在新婚之夜刺杀自己的丈夫，只有一个女儿没有照办。那四十九个女儿全被罚入地狱，每天用漏桶打水。后来，达那伊德姐妹之桶，表示做徒劳的工作。

4　卡尔·克劳斯是犹太人，1911 年秘密受洗皈依天主教，1923 年为抗议天主教会在萨尔茨堡艺术节上作伪而又退出天主教。

火警报警器

阶级斗争的想象能把人引入歧途。在阶级斗争中涉及的不是决定谁胜谁负的力的较量，也不涉及凭较量的结果决定胜者好、败者坏的搏斗。这样想意味着浪漫主义地掩盖事实。因为资产阶级可能会在斗争中胜利，也可能失败，这个阶级因其内部的矛盾在发展过程中变得致命而注定要走向灭亡。问题只是她自己灭亡呢，还是通过无产阶级之手。三千年的文化发展是持续还是终结，将取决于这个问题的答案。历史对这两位糟糕的没完没了永远扭打着的斗士之真相一无所知。真正的政治家只在约定的日期之后做出估量。如果消灭资产阶级的任务没有在一个经济和技术发展的几乎可预料的时刻之前完成（通货膨胀和毒气战争会对那个时刻发出信号），那就全盘皆输了。必须在火花点燃甘油炸药之前把燃烧着的导火索剪断。政治家的干涉、危险和速度是技术性的——不是骑士风度的。

旅行纪念

阿特拉尼[1]。缓缓上升的弧形巴洛克风格的台阶通向教堂。教堂后面有栅栏。老妇人在说了"万福玛利亚"之后，开始冗长的祷告：报名参加一级死亡保险[2]。当人们转身时，会看见教堂像上帝本人那样紧邻大海。基督的纪元每天早上从岩石上开始，但在这下面的墙垣之间，夜晚总是一再地划分成四个古老的罗马人市区。街巷像通风的巷道。集市广场上有一口井。傍晚，女人们会来到这里。然后这里就变得冷冷清清：只剩下远古的潺潺流水声。

舰队。大型帆船的美是一种独一无二的美。因为它们千百年来并不是孤立地保持那种不变的轮廓，而是出现在亘古不变的风景中：矗立在大海的天际线上。

凡尔赛宫的正面。看起来，人们已经把这座宫殿遗忘了，好像那是好几百年前人们"依据国王的命令"❸把它当作童话剧活动布景在那里只摆了两个钟头似的。这座宫殿没有从国王的光辉里为自己保留下任何东西，在国王与它断绝关系时它是完整的。在这样的背景前面，国王的处境变成了舞台，在这个舞台上，绝对君主专制政体像一台讽喻性芭蕾舞剧被哀婉动人地上演了一番。但今天，这座宫殿却变成了一堵人们寻找阴凉的墙，以便舒适地站在那儿眺望，享受勒诺特尔❹创造的蓝天。

海岱尔山宫殿❺。遗址，其断壁残垣矗入云天，在晴朗的日子里，当人们在它的窗口或者头上看见飘过的云朵时，它偶尔会显得倍加美丽。破坏通过它在天空启幕的稍纵即逝的景象，强化了这座废墟的永恒。

　　塞维利亚阿尔卡萨尔王宫❻。这是一座最接近幻想特征的建筑。它没有因实用的考虑而被削弱。在那些高大的房间里预先安排好的全是梦境、节日庆典及其梦想成真。在这座宫殿里，跳舞和沉默变成主旋律，因为一切人的活动，都被宁静的装饰花纹井然有序的混乱吸收了。

　　马赛的大教堂。这座大教堂屹立在人烟最稀少、阳光最充足的广场上。尽管南面就是若利埃特港，北面紧挨着无产者居住区，这儿教堂周围竟然空无一人。这座荒凉的建筑物作为看不见、摸不着的货物转运站立在防波堤与仓库之间。为此，人们花了整整四十年时间。然而，当它于一八九三年全部竣工的时候，地方当局和那个时代在这座纪念碑式的建筑物旁边成功地合谋反对建筑师和业主，一个从来没能被交付使用的巨大火车站从教士团丰富的资金里产生了。在它的正面，还可以看出里面的候车大厅，一至四等车厢的旅客（但在上帝面前他们可都是平等的），像被夹进行李箱之间那样被紧紧地夹进他们的精神财富之中，坐在那里并阅读着赞美诗集，那些书中的《圣经》语词索引和整齐一致的排列，看起来和国际列车时刻表很相似。铁路交通规则摘要像主教的通告那样挂在四面墙上，在撒旦的豪华列车里面，加班车降价价目表被查阅着，而那些长途旅行者可以独自洗漱的小房间被当作忏悔室随时使用。这就是马赛的宗教火车站。一列列开往永恒的卧铺列车将在做弥撒的时刻从这里发车。

弗莱堡大教堂。对城市的居民来说，与一个城市最独特的故乡感觉联系在一起的是声响和距离——是的，也许对那些停留在回忆中的旅客来说更是如此——随着距离的增加，教堂钟楼上的钟声显得更加悠扬。

莫斯科圣瓦西里大教堂[7]。拜占庭的圣母玛利亚怀里抱着的只是一个真人大小的木偶。在一个仅仅是暗示的、始终只代表幼年基督的面前，她的痛苦表情可能比她在任何时候抱着一个真实男孩时的表情显得更强烈。

博斯科特雷卡塞[8]。意大利五针松树林的高贵：她的树冠的形成是没有经过编织的。

那不勒斯国家博物馆。上古时期的雕塑在微笑里把它们的形体意识呈现给观众，像一个孩子把刚刚采集的鲜花未经捆扎就松散地举起来递给我们，而后来的艺术，却板着很严肃面孔，像用锋利的草编织成干花花束的成年人。

佛罗伦萨的浸礼堂。在装饰精美的大门上有一尊安得烈·皮萨诺⑨的"斯佩斯"⑩雕像。她坐着，无可奈何地举起双臂，伸向一个她永远够不到的果实。尽管如此，她却是有翅膀的。没有什么比这更真实了。

天空。在梦中，我走出一幢房屋并仰望夜空。一种野性的光辉从夜空中散发出来。因为，天空繁星密布，像它本来是的那样，一幅幅图像站立着，人们根据它们的形状拼成一个个星座，它们感性地呈现在那儿。一头狮子，一位少女，一副天平和许多其他星座，像密集的恒星团，向下凝视着地球。不见月亮。

1　阿特拉尼（Atrani）是意大利南部的一个小镇，濒临地中海，当地有一座著名教堂。

2 提供小笔死亡补助金、抚恤金或丧葬费的保险协会。

3 法文："Par Ordre Du Roi"。

4 勒诺特尔（Le Nôtre，1613—1700），法国十七世纪建筑师，凡尔赛宫花园的设计人。

5 一译为海德堡宫殿。建在海岱尔山上。原是普法尔茨公爵的宫殿，建于十三世纪，1689 年被法国军队摧毁，至今仍是一片废墟。

6 塞维利亚阿尔卡萨尔王宫（Sevilla Alcazar），建于十世纪。欧洲最古老的皇家宫殿。塞维利亚是西班牙第四大城市。

7 莫斯科圣瓦西里大教堂（德语：Basilius-Kathedrale），建于 1553—1554 年，为纪念伊凡四世战胜喀山汗国而建，后因曾有一个名叫瓦西里的修士在此苦修而得名。就是那个色彩斑斓的有九个洋葱头塔楼的大教堂。

8 博斯科特雷卡塞（Boscotrecase），意大利那不勒斯附近的一个小城。那里有著名的五针松树林。这种树的树顶像华盖。

9 安得烈·皮萨诺（1290—1349），意大利建筑师、雕塑家和金匠。代表作是浸礼堂南门的青铜大门和大教堂钟楼的浮雕。

10 斯佩斯（Spes），罗马神话中的希望女神。在希腊神话中斯佩斯叫厄尔皮斯（Elpis）。

验光师

夏天，引人注目的是胖子，冬天则是瘦子。

春天，人们在阳光明媚的日子里发现了嫩叶，在冷雨中它们还是光秃秃的枝条。

一个殷勤待客的晚上是怎样度过的，走在后面的人只要看看盘子、大大小小的杯子和食品的样子，便一目了然。

广告的基本原则：七倍地夸大，围绕人们渴望的东西扩大七倍。

眼神表现人的倾向。

玩具

模型纸版。小木屋犹如向两边摇晃着的大拖船已经驶向石头防波堤，那里人们在拼命地往前拥挤。有帆船，帆船上桅杆高耸，桅杆上的风旗下垂；有轮船，轮船上的烟囱正在冒烟；还有载重拖船，拖船上的货物整整齐齐地码成长长的一排。在那些船当中，有的船上没人，人都消失在船舱里；本来只有男人可以下去，但透过货舱口可以看到女人的手臂、面纱和孔雀毛。另外，轮船某处甲板上站着几个外国人，他们似乎想用古怪的音乐吓唬围观者。不过观众对这种不受欢迎的表现好像一点儿也不在乎。有人在迟疑地向船上攀登，他们迈着缓慢的步子，东倒西歪，如同走在晃动的扶梯上。一到上面，他们就站住不动了，仿佛在等候轮船离岸。然后，那些沉默寡言、醉意蒙眬的人又出现了，他们在红色的扶梯上，掺水的酒精染红了他们的脸，有的上来，有的下去，看着婚姻的成与败；开始在下面求婚的黄衣男人，到上面就离开了蓝衣女人。他们在照镜子的时候，感到脚下湿漉漉的地面好像在飘移，于是就越过晃动的扶梯跟跟跄跄地下了船，走到岸上。船队给临时住处的人带来了不安：妇人和姑娘们在屋里无所顾忌地涂脂抹粉，像在极乐乡里那样，把一切可吃的东西随意地搬来搬去。由于被世界的海洋完全隔绝，所以，各种各样的人，像第一次同时也是最后一次在这儿相遇。海狮、侏儒和狗仿佛都被安放在一个诺亚方舟里。甚至小火车也一劳永逸地被带到这里，在环行的铁路线上，小火车一次又一次地穿过同一个隧道。有几天这个临时宿营地变成了南海一座岛上的港城，那些未开化的原住民，因为对欧洲抛到他们面前的东西感到既渴望又惊奇而失去知觉。

射击靶。必须把收集在一个大箱子里的节日射击游戏靶台描绘一番。这里是一片冰雪荒原，荒原衬托着几个被当作射击目标摆成放射状固定着的白色泥烟斗。烟斗后面是一道模糊的树林，树林前面画着两个管林人，最前面是两个女妖，像活动布景一样，她们颇具挑逗性的乳房上涂着油彩。别处还画着几个女人，她们很少穿裙子，多数穿紧身衣，头上也都插着烟斗。她们有的从自己手中展开的扇子里走出来。后面写着"泥鸽射击靶"的背景上，移动的烟斗慢慢地转动着。另外的小戏台上在演出各种戏剧，观众在那里用火枪导演。如果打中了黑色的靶心，表演便随即开始。这样的玩具有三十六个盒子，每一盒玩具的戏台门框上面，都写着人们期望在那后面看到的戏剧名称：《狱中的圣女贞德》《好客》《巴黎街头》。另外一个戏台上演出的是《死刑》。一个紧闭的大门口有一个断头台，旁边站着一个身穿黑色长袍的法官和一个手拿十字架的神职人员。如果打中目标，大门便会打开并推出一块木板，木板上两个刽子手中间押着一个罪犯。罪犯会自动地把头伸到断头台下面，他的脑袋将被切下来。以同样方式演出的还有《结婚的喜悦》。一幅贫穷的室内画面打开后，可以看到一个父亲坐在屋子当中，他一只手揽着膝上的孩子，另一只空闲的手晃动着摇篮，摇篮里躺着一个婴儿。《地狱》——当它的大门打开时，可以看见一个小鬼在折磨一个可怜人。旁边，另一个小鬼正在强迫一个僧侣向锅里跳，所有被诅咒的人都得在那口锅里被炖煮一番。《苦役犯监狱》——在一个大门前站着一个狱卒。如果人们打中目标，狱卒就去敲一下钟，钟声一响，大门便会打开。可以看见两个犯人在一个大轮子旁边干活；他们好像必须转动那个轮子似的。然后又是另一个场景：一个提琴手和他的会跳舞的熊。如果射中，琴弓会动起来。熊也会用一只熊掌打鼓并抬起一条腿。人们一定会想起《勇敢的小裁缝》那个童话，也可能会想到一声枪响过后，睡美人会被重新唤醒，射击会把咬了毒苹果的白雪公主救活，或者枪声一响，小红帽便会得救。射击借助那种富有疗效的力量神奇地打进玩偶的生活，玩偶会把猛兽的脑袋从躯干上砍下来并扮成公主揭露它们。正如在那个没有题写剧名的大门上写那样：只要命中目标，门就自己打开，红色的长毛绒幕布前面站着一个摩尔人，他好像在微微地鞠躬。他捧着一只金碗。金碗里放着三个果实。第一个果实自动打开时，可以看见里面有一个会鞠躬的小人。第二个果实里面，两个同样小的偶人一边跳舞一边旋转。（第三个没有打开的果实）下面，摆着其他场景的桌子前面，有一个小木偶骑士，他身上写着："坑坑洼洼的道路。"如果命中黑点，会发出"砰"的一声响，骑士和马会一起翻一个跟头，但依然如故，正确地理解，就是骑士仍然骑在马背上。

立体镜。里加。每日开放的市场和拥挤的矮木屋组成的城市，在一道又宽又脏、没有仓库之类建筑物的石墙防波堤上，沿着杜纳河向前延伸。一些常常连烟囱也几乎没有码头堤岸高的小火轮船正在向这个略带黑色的侏儒城市驶来。（一些较大的轮船只能停在杜纳河下游。）肮脏的木板铺在泥泞的地上，在寒冷的空气里闪闪发光，不多的几种颜色溶化在一起。在那些临时搭起来出售鱼、肉、靴子和衣服的木板房之间的角落里：一年到头站着一些用彩色纸条打扮的小市民家庭出身的女人，只有在圣诞节期间她们才拥向西方。人们用最亲热的声音诅咒那些纸条。这种花花绿绿的处罚人的东西用很少几个桑提莫斯 [●] 就能买一把。防波堤尽头，离水边大约只有三十步的地方是一个苹果市场，用栏杆围着，一堆堆红白相间的苹果堆得像一座座小山似的。等待出售的苹果堆上插着草，已经售出的苹果放在家庭妇女的篮子里，不插草。市场后面巍然矗立着一座深红色的教堂，在十一月清新的空气里，它无法与苹果的脸蛋儿相匹敌——更多的出售船上用品的店铺，在离防波堤稍远些的小房子里。墙上画着缆绳。到处都可以看到画在牌子上或者直接画在墙上的商品。城里有一家商店，在没有抹灰泥的砖墙上画着比真人还大的箱子和船桨。拐角处的一幢矮房子是一家专卖妇女紧身胸衣和女帽的商店，赭黄色的底子上画的是涂脂抹粉的妇人面孔和简朴的紧身胸衣。那座房子前面的角落里立着一盏路灯，它的玻璃罩上映现出同样的画面。这一切看起来就像一个幻想中的窑子。另一所房屋，离港口也不远，灰色的墙上画着立体的装糖的口袋和煤块。还有一处房屋的墙上画着正从丰饶角里像下雨似的倾泻而下的鞋子。小五金商品，钉子、锤子、齿轮、钳子和最小的螺丝钉都画在一个牌子上，看起来就像从以前的儿童连环画书里描摹下来的一般。这个城市充斥着这样的图画：好像是从抽屉里拿出来挂上去似的。但是，在这些房屋之间，兀立着许多高大的城堡一样令人极其伤心的建筑物，它们使人想起一切沙皇制度的恐怖。

非卖品。卢卡[2]的年货市场上有一个机械陈列室。展览设在一个长长的、对称分开的帐篷里。几个台阶引导人们走上去。原来的广告牌变成了桌子，上面放着几个不会活动的玩偶。人们从帐篷右边的开口进入，然后从左边的开口出来。在灯光明亮的展室里，两张长桌向前伸去。它们的纵长一边并在一起，这样一来，帐篷里面就只剩下一条狭长的空间供人交际。两张桌子都不高，桌面覆盖着玻璃板。玻璃板上摆着玩偶（平均高度二十至二十五厘米），可以清楚地听见它们下半身被遮盖处有推动玩偶的钟表机构滴答作响。桌子四周的地上放着供小孩观看时登上去的脚踏板。墙上挂着哈哈镜。——进来之后，首先看到的是王公贵族成员。他们形状各异：一个大幅度地挥动右臂或左臂，做出邀请的姿势，另一个在转动着，目光呆滞；有的玩偶眼珠转动的时候，胳膊也同时动。弗朗茨·约瑟夫，皮欧九世坐在王座上，两个红衣主教分立两侧，意大利女王爱伦娜，苏丹王后，骑马的威廉一世，小拿破仑三世，更小的还有王位继承人，维托利欧·伊曼努埃尔也站在那儿。接着是《圣经》人物的小雕像，然后是基督受难。希律王❸前仰后合地摇晃着脑袋并发出杀婴的命令。他的嘴张得很大，还点着头，把胳膊伸开又任其落下去。两个刽子手站在他面前：一个挥舞着锋利的剑跑来跑去，胳膊下面夹着一个砍掉脑袋的孩子，另一个刚想再刺一刀，却又停住，直到眼珠一动不动为止。旁边有两个母亲：一个不停地慢慢摇着头，像一个忧伤的女人那样，另一个则慢慢地恳求着举起双臂。——钉上十字架。十字架平放在地上。刽子手把钉子钉进去。基督点着头。——基督被钉上了十字架，一个士兵让他喝海绵里的醋，他慢慢地将海绵一耸一耸地送上去，然后马上又缩回来。这时候，救世主稍微抬了抬下巴。一位天使手里拿着用来盛血的高脚杯从十字架后面弯下腰，将杯子送到他面前，然后又拿回去，杯子已经装满了似的。——另一张桌子上展览的是风俗画面。巨人高康大❹和团子。巨人用两只手从面前的一个盘子里同时叉起团子往嘴里塞，一会儿举起左臂，一会儿举起右臂。一只手抓着一把叉子，每把叉子上叉着一个团子。——然后是一个正在纺线的阿尔卑斯山小姑娘。——两只拉提琴的猴子。——一个魔术师面前放着两只大桶。右边的桶自动打开时，里面冒出一个女人的上半身，然后又缩回去。左边的桶自动打开时，站起来一个半高不高的男人。右边那只桶重新自动打开时，出现的却是一只公羊的头，两只角之间仍然是那个女人的面孔。接下来，左边的桶再次自动打开：这次出来的不再是那个男人，而是一只猴子。然后，一切又从头开始。——另一位魔术师：他面前有一张桌子，左右两只手各按着一个反扣着的杯子。当他交互地抬起左边或右边的杯子时，一会儿露出一个面包，一会儿露出一个苹果，有时候是一朵花或一颗色子。——魔井：一个农家小男孩站在汲水井旁边摇着脑袋。一个小姑娘在汲水，接着，一股粗大的玻璃水柱便从井口里流出来，势不可挡。——着魔的情人：一丛金黄色的小树或者一道金黄色的火焰向两边分开。其中可以看到两个玩偶。它们把头转到一起，然后又互相避开，它们带着惊异的神情观察着对方，好像有些不知所措似的。——所有玩偶下面都贴着一张小纸条，上面统统写着：一八六二年制造。

1　桑提莫斯（Santimes），拉脱维亚货币的最小单位。

2　卢卡（Lucca），意大利中部一城市。

3　希律王（King Herodes），公元前后犹太统治者的名字。其事见《新约·马太福音》。

4　法国小说家拉伯雷（Francois Rabelais，1483—1553）创作的长篇小说《巨人传》中的人物。这部小说共五部，出版于1532—1564年，经历两次被禁。

诊所

　　作家把思想放在咖啡馆的大理石石桌上。长时间的观察：因为他在利用这段时间，这儿还有玻璃制品——透镜，在透镜下面，他把没有站在面前的病人——向跟前移了移。然后，他慢慢地打开自己的手术器械：钢笔、铅笔和烟斗。一群客人，站在他周围，成了他的临床观众。咖啡已预先斟满并同样地享用，他将思想放到氯仿[1]下。接下来他思考的事情，除了被麻醉者的梦和外科手术之外，与这件事情本身不再有任何关系。思想在谨慎的手迹线条中被裁剪，手术医生在其内部将重点转移，烧去词语的累赘并将一个外来语当作银质肋骨植入。最后，标点符号用细针密线为他全部缝合。他付给他的助手服务员工钱，用现金。

---

1 1799 年，英国化学家汉弗莱·戴维首次通过自体试验，感受到氧化亚氮（又称笑气）的麻醉性能。1846 年，美国牙科医生托马斯·黄顿，对乙醚做了具有历史意义的实验，证实了药物麻醉缓解疼痛的功能。一年后，苏格兰产科主任詹姆斯·辛普森（1811—1870）决定寻找一种可以替代乙醚用于肌体麻醉的治疗剂。1847 年 11 月 4 日，爱丁堡化学家邓肯自体试验，愉快地昏睡了一刻钟。他把当时的感受告诉了辛普森。辛普森就要求他提供他们试验证明有效的这一化学品——即 1831 年合成的三氯甲烷，一种有特殊气味的无色透明液体，俗名"氯仿"。1847 年 11 月 9 日，辛普森将氯仿用于无痛分娩成功。产妇为了纪念这次成功，给儿子取名阿奈斯 - 台西亚（Anaes-thesia），麻醉之意。

面积出租

　　抱怨批评衰落的人是些傻瓜。因为批评的时刻早已过去。批评是一种保持恰当距离的事业。它在一个取决于观点和说明以及采取某种立场还有可能的世界上才行得通。这期间，事情已经太急切地催逼着人类社会。"没有偏见"，"自由的眼神"，如果还没有完全变成平庸而又不负主要责任的幼稚表现，就是已经变成了谎言。今天最实在的、能够洞察事物核心的商业眼光叫做广告。它拆除了观察的自由活动余地并把事物如此危险地推到我们眼前，就像从银幕上呼唤一辆突然变得无比巨大的汽车向我们头顶上开过来那样。而且，像电影院不以一种批评观察的完美形象展示家具和房屋正面那样，而是孤立地展示它们引起轰动的单调乏味而又跳跃的近景，于是真正的广告就把事物转动着推过来并带有一种与好电影相适应的速度。与此同时，"客观性"终于被辞退，在那些房屋墙上的巨幅图画前面，巨人使用的"绿藻牌"和"斯莱普尼尔❶牌"牙膏触手可及，已经痊愈的多愁善感被美国式地释放出来，好像对任何事情都无动于衷的人在电影院里重新学习哭泣。但对大街上的普通人来说，是钱如此这般地把物推到他跟前并使他与物建立了合乎逻辑的关系。在商人的艺术沙龙里，用绘画操纵一切并得到报酬的评论家知道，如果他的画不比艺术爱好者在橱窗里看到的那些画更好，一定是更重要的。主题的温暖从它自己身上释放出来并使它感情充沛。——到底是什么东西使广告如此这般压倒批评呢？不是那红色霓虹灯上滚动文字所表达的内容——而是沥青路面上反映着文字的火红水洼。

办公用品

　　老板的房间里摆满了武器。作为舒适的摆设，这些东西使进来的人感到着迷，实际上这是一个隐蔽的武器库。写字台上的电话机每过片刻就会响起来，总是在最重要的时刻打断他的谈话并给对方时间去编造答复。这时候，只言片语的谈话显示出这儿有多少事情要处理，而这些事情一件比一件重要。人们自言自语地说着并开始从自己原来的立场慢慢地下滑。他开始问自己，此刻那边在谈论谁呢，他吃惊地听见对方明天要去巴西并立刻表示和公司的意见一致，他在电话里抱怨的偏头痛被当作令人遗憾的工作故障（而不是机会）记了下来。女秘书进来了，她可能被呼唤了，也可能没有。她很漂亮。假如她的老板反对她的妩媚，那可能是在保护她，也许他作为欣赏者早就和她取得一致，所以新来者都会在她身后多看一眼，她很懂得以行动感激自己的上司。他的全体职员忙碌起来，把卡片索引摆到桌子上，在这些卡片中，客人知道在极不相同的关系中把自己归入某一类。他开始感到疲倦。另一个背着灯光的人，从炫目的灯光照着的面部表情里得意地觉察到这一点。甚至沙发也在起作用；他坐在沙发里深深地往后靠着，像在半吊子牙科医生那里接受痛苦的处理、末了还要把这看作是按照规定进行的流程。在这种处理之后，一张收费账单迟早也会接踵而至。

散件货物：
运输与包装

　　我一大早就开着汽车穿过马赛去火车站，正如我感觉途中碰到一些熟悉的，然后又碰到一些新的、不熟悉的或者另外一些我只能模糊想起来的地方那样，这个城市变成我手里的一本书，一本在它应该从眼前消失于仓库箱子里天知道多久之前我又飞快地瞄了一两眼的书。

内部修整停止营业！

　　在梦中，我用一支枪结束了自己的生命。枪响后，我并没有醒来，而是看着自己像尸体那样又躺了一会儿。然后我才醒来。

"奥革阿斯"[1]自助餐馆

这是一个反对老独身者生活方式的最强有力的抗辩：他孤零零的一个人吃饭。独自一个人吃饭很容易趋于坚硬和生冷。习惯这样生活的人，要想不堕落，必须像斯巴达人那样生活。隐居者，也许只是为此，给自己规定了十分简朴的生活。因为只有在一个共同体里食物才变成他的正当权利；假如权利应该固定，那它愿意被分享并分发。不多不少，每人一份。从前桌子旁边有一个乞丐会使每顿饭更丰富。一切取决于分享和给予，一点儿也不取决于圈子里的社交谈话。但是，更令人惊异的是，社交活动要是没有饭吃就会招致批评。款待把关系拉平并使大家建立联系。圣日耳曼伯爵[2]曾经在丰盛的宴席之前始终保持空腹并以这种方式在谈话中充当统治者。但是，在人人都空着肚子走出去的地方，会立刻出现对抗和争吵。

1　奥革阿斯（Augias）是希腊神话中厄利斯国国王，传说他的牛圈里有三千头牛，三十年从不打扫。

2　圣日耳曼伯爵（Graf von Saint-Germain），生卒年月不详。一个生活在十八世纪的传奇人物，游走在欧洲各国宫廷，背景与身份成谜，曾经引发许多猜测。

邮票❶商店

　　一张早已作废的邮票常常会告诉查阅一沓旧信件的人很多东西，一个易脆的信封上的东西可能比读完十几页信纸还要多。有时候人们会在风景明信片上看见这种邮票，我们不知道该把它揭下来呢，还是应该连同明信片一起像保存一张正反面绘有不同古代大师的作品但同样珍贵的纸张那样保存起来呢？有的咖啡馆也在玻璃匣子里摆放一些信件，仿佛它们欠了账似的被放在这儿示众。难道有人放逐了它们，所以它们不得不在那个匣子里的一个名叫萨拉斯·Y.戈麦斯❷的玻璃荒岛上年复一年地忍饥挨饿？那些长期没有打开过的信件，受到粗暴的对待；它们被剥夺了继承权，正在宁静中幸灾乐祸地为那些漫长的痛苦时日准备复仇。后来，那些信件中有许多完整的邮票上带火漆邮戳的信封或明信片被邮票商人展示在橱窗里。

众所周知，有些集邮家只收藏盖有邮戳的邮票，而没有邮戳的不多，所以有人就以为自己是唯一闯进秘密中的人。他们保存邮票的神秘部分，保存邮戳。因为邮戳是邮票的黑暗面。有些邮戳是庄严的，会给维多利亚女王的头像戴上一个神圣的光环；有些是预言性的，它们给亨伯特一世❸戴上一个殉道者的花环。但是，任何暴虐的幻想也比不上那种狠毒的手续，它们在邮票人物的面孔上布满了鞭痕❹并像发生地震似的把整个大陆撕裂。而被玷污的邮票主体部分与白色的、装饰极其华丽的网眼纱连衣裙形成对照的反常快乐：是锯齿状的边。谁要是研究那些邮戳，谁就必须像侦探那样掌握最声名狼藉的邮政机构的简要特征，像考古学家那样具有确定最陌生而又残缺不全地名的艺术或者像犹太教神秘主义者那样，占有整整一个世纪的数据清单。

邮票上布满了各种小数字、微小的字母、小树叶和小眼睛。它们是绘画的细胞组织。这一切乱七八糟地挤在一起，像低级动物那样活着，继续自己肢解着自己。为此，人们从拼贴起来的邮票各个小部分中创造出那样有影响力的图画。但是，在那些画面上，生命始终把腐朽的特征当成由坏死的东西组成的标志。邮票上的肖像和伤风败俗的人群满身都是肢体和成堆的蛆虫。

在长长的套票颜色序列中也会折射出一个陌生太阳的光吗？我们其他人尚不认识的那种光在教会国家或者厄瓜多尔的邮电部里曾经被接收过吗？为什么不给我们

展示一些更好的行星邮票呢？为什么不将上千层火红颜色环绕的金星、有四个巨大而又令人感到恐怖数字的火星没有数字的土星给我们设计成邮票呢？

国家和海洋在邮票上只是省份，国王们只是数字的雇佣兵，数字随心所欲地将它们的颜色浇到他们身上。集邮册是有魔力的参考书，王朝、宫殿、动物、比喻和国家的数目都被写在邮票上面。信件往来建立在它们的和谐上，就像行星的运行建立在天上数字的和谐上那样。

旧的几先令面值邮票，在椭圆形的环中只标明一个或两个大大的数字。它们看起来很像镶嵌在黑漆镜框里的那些亲戚们早年的照片，他们居高临下地望着我们，但我们却从来不认识他们：注明排行的各位姑奶奶或祖先。图尔恩和塔克希斯[5]家族也有大面值的邮票；那种邮票上的面值像中了邪魔的出租车计价表上的数字。如果某一天晚上下面的烛光从那种邮票后面透射过来，人们将不会感到奇怪。但后来有一些不带锯齿边的小邮票，既不注明货币种类，也不注明国家。只在密集的蛛网纹上印着一个数字。也许这种邮票才是真正的命运不济。

土耳其皮亚斯特⑤邮票上的字迹，像斜插在精明的、仅半欧化的君士坦丁堡商人领带上最时髦、最闪亮的别针。尼加拉瓜或者哥伦比亚的那种尺寸又大又刺眼、锯齿边也很糟糕的邮票是邮政局的暴发户类型，它们把自己打扮得像钞票一样。

补收邮资票是邮票中的鬼魂。它们不会变。王朝和政府的更替从它们身边一掠而过，像从幽灵身边走过那样，没留下任何足迹。

小孩倒拿着一副看歌剧的望远镜看遥

远的利比里亚：它躺在那个有椰子树的条状大海后面，和邮票上画的一模一样。他与达·伽马❼一起驾驶帆船围着一个三角形地区航行，那是一个等腰三角形，像希望、希望之色和天气那样变化着。好望角的旅游广告。如果在澳大利亚的邮票上看到天鹅，那肯定是一种印在蓝、绿、棕色面值邮票上的黑天鹅，那种天鹅只有澳大利亚才有，它在一片池水之上缓缓向前，像在最宁静的海洋上那样。

邮票是伟大的国家在儿童房间里分发的名片。

孩子像格列佛❽那样在他邮票上的国家与人民中间游历。他在睡梦中想起了小人国❾的地理、历史和这个弱小族群的全部科学及其所有的数字和名称。他参与他们的生意，出席他们穿紫袍的王公贵族的国民会议，观看他们新造的小船下水并和坐在篱笆后面的统治者们一起庆祝周年纪念日。

众所周知，有一种邮票语言，它与花的语言相比就像莫尔斯⑩电码和书面语言相比那样。可是，这丛盛开的花在电报机的金属杆之间还能存活多久呢？难道战后发行的、用浓墨重彩制作的大幅艺术邮票不是这片花圃中秋天的紫菀花和大丽花吗？施泰凡⑪，一个德国人，他并非偶然地成了让·保尔⑫的同时代人，在十九世纪中叶的一个夏天播下了这颗种子。它将不会活过二十世纪⑬。

1 　罗兰·希尔 (Rowland Hill，1795—1879)，英国邮政改革家、邮票发明者。曾任教师、政府职员和编辑。起因是他在 1838 年目睹了一个女人因贫穷拒付邮资的案例。他代付了邮资后，提出邮政改革措施，将收信人付邮资改为由寄信人支付并设计一个邮戳大小的"凭证"，这就是邮票雏形。

2 　萨拉斯·Y. 戈麦斯（Salas Y. Comez），智利的一个无人居住的岩石荒岛。也是德国作家沙米索（Adelbert von Chamisso 1781—1838）一首诗的标题。

3 亨伯特一世（Humbert，1844—1900），意大利国王。曾与奥地利和德国组成三国同盟，后被一个无政府主义者暗杀。

4 集邮者最痛恨的是那些将邮戳恶狠狠地盖到邮票人像上的邮政官。

5 图尔恩和塔克希斯（Thurn und Taxis），德国贵族世家的两个早期祖先，原籍意大利，因有功于德国邮政事业于 1595 年获帝国总邮政官之职。1695 年获帝国侯爵封号。十八世纪中叶以后定居德国雷根斯堡市。

6 土耳其和埃及等国家的货币。

7 达·伽马（Vasco da Gama，约 1469—1524），葡萄牙航海家。1497/1498 年发现绕非洲好望角去印度的航线。后被任命为驻印度总督。这一发现促进了欧亚商业关系的发展，也是葡萄牙和其他欧洲国家从事殖民掠夺的开端。

8 英国作家斯威夫特的幻想小说《格列佛游记》的主人公。

9 《格列佛游记》中小人国的居民。

10 莫尔斯（Samuel Morse，1791—1872），美国发明家，于 1837 年发明电报机。

11 海因里希·冯·施泰凡（Heinrich von Stephan，1831—1897），德国邮政业的组织者，明信片的发明者，将邮政业和电报业联合起来，世界邮政联合会的创立者。

12 让·保尔（Jean Paul，1763—1825），德国诗人、小说家，作品充满关于小人物命运的怪诞幽默与幻想。

13 作者从电报的发明预感到技术的进步将减少人们的书信联系。自二十世纪九十年代至今，现在还有多少人写信呢？真是先知先觉啊！

SIPARLAITALIANO[1]

夜里我带着剧烈的疼痛坐在一张长椅上。两个姑娘在我对面的另一张长椅上就座。她们像要亲密地交谈并开始窃窃私语。除了我附近没有别人，我假装听不懂她们的意大利语，任凭声音多么响。现在，在她们无理由的小声交谈时，我能在充耳不闻的语言中无法抗拒地感觉到痛点周围仿佛缠上了一条凉爽的绷带。

1　意大利语："有人讲意大利语。"

技术救援组织

可能没有一种真实比怎么想就怎么表达更贫乏了。在这种情况下，她的记录连一种拙劣的摄影都不是。当我们蹲伏在一块黑布下面安静而又十分亲切地窥视时，我们会发现，即使真实也会（像一个孩子或者一个不爱我们的女人那样）拒绝面对文字的物镜。真实愿意突然被人一下子从沉思中吓跑，那惊吓可能是一阵骚乱，一阵音乐，也可能是一种呼救声。谁愿意去数作家的真实内心世界赋予的警报信号呢？"写作"除了使那种信号发生作用之外没有别的。然后，可爱的白人女奴❶会突然惊起，抓起她身边的，也就是从她的闺房即我们的脑壳的混乱中落入她手里的第一件最好的衣服披在身上，无法辨认地从我们眼前逃进人群。不过，她出现在人群中时，必须显得落落大方而又健康，尽管衣衫凌乱，步履匆忙，但却像凯旋而归，妩媚可爱。

1　土耳其苏丹后宫里的白人女奴。这里指"真实"。

针线筐

我文章里的引语，像路边的强盗，他们全副武装，出其不意地抢走悠闲者的信念。

杀死罪犯是合乎道义的——但永远不是宣布这种杀人合法化符合道义。

上帝是所有人的供养者，而国家却使他们营养不良。

在画廊里走来走去的人们脸上流露出一种掩饰不住的失望表情，因为只有画挂在那里。

税务咨询

　　无疑：在财富的计量单位和生命的计量单位之间，我想说的是钱和时间之间，存在一种神秘的联系。普通人的一生鸡毛蒜皮的小事越多，他的瞬间便显得越破碎、越纷乱、越矛盾，而与此同时，思考着的人的一生则表现为伟大的时期。利希滕贝格❶提出的建议很正确，就是把时间单位缩小而不是缩短，他补充说道："几千万分钟构成一个四十五岁以上的生命。"在用一块钱的地方，从一千多万个单位的钱当中拿出一个单位的钱来是微不足道的，这里，为了使作为总数的生命显得令人尊敬，必须以秒代替年来计算。这样一来，生命就会像一捆钞票那样被一点点地花掉：奥地利就可以不必废除用克朗进行结算了。

钱和雨堪称一对儿。天气本身是这个世界状态的一个指数。极乐世界万里无云，不知道天气为何物。一个拥有完美财富的帝国上空也是晴空万里，没有钱从天上掉下来。

也许应该提供一篇对纸币❷的描述性分析。一本具有无限讽刺力量的书，可能只有在它的客观性力量之中才会获得同类。因为资本主义除了在这种文献里再也没有任何地方能够神圣而又严肃地做出那样天真的举动。这里在无辜的小孩身边玩数字游戏，把法律布告牌当女神并在成熟的英雄身旁面对硬币单位将它的宝剑插入剑鞘的东西，是一个自为的世界：地狱的正面建筑。——假如利希滕贝格发现了纸币已经流通，那他就不会忽略这部著作的写作计划了。

1　利希滕贝格（Georg Christoph Lichtenberg，1742—1799），"哥廷根袖珍日历"的发明者，是十八世纪下半叶德国杰出的思想家、政论家、讽刺作家。歌德把他的作品比作指明问题所在的神奇魔杖。但直到二十世纪上半叶时，这位影响至巨的重要学者一直默默无闻，不见经传，知之者甚少。托尔斯泰赞扬他的《格言集》为"杰出作家的杰出思想"并说"搞不懂当代德国人何以会忽略了利希腾贝格，而醉心于尼采那种俏丽的小品"。

2.　世界最早的纸币诞生于公元 1023 年，由北宋益州（今四川成都）交子务印制发行。600 年后，瑞典银行发行了第一枚欧洲纸币。欧洲使用纸币始于 1661 年。由瑞典银行发行的，不过那时发行纸币只是权宜之计，并不是作为真正的货币。在 1694 年，英格兰银行创立，开始发行银单。最初银单是手写的，后来才改为印刷品。印刷的银单一经为公众接受就成为真正的钞票了。

对没有资金者的法律保护

出版人：我的期望被最严重地辜负了。您的东西在读者中根本没有影响；它们完全没有吸引力。我对图书装帧可没节省。为发广告我耗尽财力。——您知道我对您评价甚高，一如既往。不过，即使我商人的良心现在就流露出来，您将来也不能因此责怪我。假如任何人都像我这样就好了，我已为作者们竭尽所能。然而，毕竟我也得养家糊口。当然我不想说，我会把最近几年的损失记在您的账上。但那种苦涩的失望感觉将不会消失。可惜目前我绝对不能再继续支持您了。

作者：先生！您为什么做出版人？这个问题我们必须立刻搞清楚。有一点可是您从前允许我的：在您的档案中，我排在

第二十七号位。我的书您已经出版了五本；这就是说，您已经在二十七号上押了五次宝。二十七号没有胜出，我表示遗憾。此外，您只是把我押在马的位置上。也许只因为我紧挨着您的幸运数字二十八。——您为什么做出版人，现在明白了吧。您本来能够像您的父亲大人一样，正经地从事一种体面的可以干一辈子的职业。但您却一味地任性——青年人么，总是这样。继续沉湎于您的习惯吧！

但是，您要避免冒充老实的商人。如果您全部赌输了，也不要摆出一副无辜的面孔；且不要谈您每天工作八小时，夜里也不得安宁。"首要的

《单行道》初版封面 [美] 萨沙·斯通设计（1928 年）

是，孩子，要忠诚老实！"不要在您的号码上捣鬼！否则您将会被抛弃！

相信本雅明和罗沃尔特的关系不会像上文写的那样糟糕。1928 年，本雅明的《德国悲剧的起源》和《单行道》在恩斯特·罗沃尔特出版社出版。1925 年，《德国悲剧的起源》的蓝本曾作为本雅明的教授资格论文，但在法兰克福大学未获通过。

夜间求医的铃声

性的满足使男人从自己的秘密里被解放出来，这种秘密不在性欲里，但在性欲的满足里，而且可能仅仅是在性欲的满足里被割断——而不是被解决。应该把这个秘密比作将男人拴在生命上的绳索。女人割断了它，男人将自由地走向死亡，因为他的生命失去了秘密。他因此获得新生，而且像情人把他从母亲的魔力下解放出来那样，女人使他更完全地从母亲这块土地上解脱，助产士剪断的那根脐带是从自然的秘密中编织出来的。

阿丽雅娜太太

——左边第二个院子

谁向女占卜师们卜问未来，谁就会不知不觉地泄露出未来事物的内部信息，这个信息比他在那里听到的一切更精确一千倍。引导他的多半是惰性，而不是好奇，看起来和他参与揭示命运时那种毕恭毕敬的痴呆毫无相似之处，而是像一个危险而又灵巧的手柄，勇敢的人用它调整未来。因为机智善断是占卜者的精髓，仔细观察现在每个瞬间发生的事情比预知最遥远的将来更具有决定性。预兆、预感和信号，像波浪的冲击那样夜以继日地通过我们的肌体。解释它们或者利用它们，这是个问题。但是，它们两者互不相容。胆怯和懒惰建议这样做，清醒和自由建议那样做。因为在这样的预言或者警告变成一个中介物、一句话或者一幅图像以前，其最大效力可能已经渐渐丧失，它用来在心中打击并强迫我们按照它的意图行动的那种力量，我们几乎一无所知，也不知道怎样去行动。我们一旦错过了时机，然后，只有然后，它才破译自己。我们阅读它。但现在已经太晚。所以，如果突然失了火或者晴空传来噩耗，在最初说不出话来的惊骇中，人们会有一种负罪感，他仿佛听到一种无形的指责：难道你对此真的一无所知吗？当你最后一次谈到死者的时候，他的名字在你嘴上听起来已经有些异样了吗？你现在才明白他的话，难道他昨天晚上不就从火焰里向你招手了吗？如果你的一个心爱的东西遗失了，过后你不是也觉得在几小时或几天之前，一个晕圈、一个讽刺或者为它产生的悲伤就已经泄露端倪了吗？像紫外线的光那样，在生命之书的回忆中对每个人显示出一种文字，那种文字是看不见的，被看作对文本做注释的预言。可是，如果有人要偷换意图，那也不是不受惩罚的，他把没经历过的生活提供给纸牌、神灵和星象，而它们转瞬之间就把生命耗尽并利用一番，为的是将它玷污后还给我们；如果有人为了自己的权力而欺骗肉体，要在自己的土地上与命运较量并取胜，那也不是不受惩罚的。那个时刻使命运不得不屈从于它的侮辱性桎梏。要把未来的威胁转变成已经完成的现在，这唯一值得追求的心灵感应的奇迹，实在是真正机智果断的工作。在远古时代，由于这种行为属于人的日常事务，所以把这种最可靠的预言工具赋予人的赤裸肉体。还在古典时期[1]，人们就了解这种真正的实践，西庇阿[2]踉踉跄跄地踏上迦太基的土地，当他突然倒下的时候，他还伸开双臂，大声喊出胜利的口号：Teneo te, Terra Africana！❸他把那种想成为恐怖信号和不幸图像的东西，实实在在地和那个瞬间联系起来并使自己成为自己肉体的主宰。正因为如此，自古以来苦行主义的斋期修炼、保持贞洁和守夜，总是庆祝他们的终极胜利。每天早晨，白昼都像一件新洗的衬衫那样躺在我们床上；那种用纯粹的预言编织成的无比纤细而又稠密的织物，我们穿着非常合身。接下来二十四小时的幸福取决于我们苏醒时知道抓住它。

1   指古希腊罗马时期。

2   古罗马统帅兼国家执政官大西庇阿（Scipio，前 236—前 184）于公元前 202 年进攻迦太基（今突尼斯），结束第二次布匿战争，获得"阿非利加的西庇阿"称号。小西庇阿（约前 185—前 129），大西庇阿之孙，公元前 146 年在第三次布匿战争中攻占迦太基，也获得"阿非利加的西庇阿"称号。

3   这句话被翻译成："我要抓住你，阿非利加的土地！"

面具—存放间[1]

送来噩耗的人，会显得特别重要。他的感觉使他——即使违反一切理智——也成了来自冥府的使者。因为死者的共同体是如此巨大，甚至他，那个仅仅报告噩耗的人，都能感觉到那个共同体的存在。"添加到更多人那里去"[2]在说拉丁语的人那里意味着死亡。

在贝林佐纳[3]，我发现火车站的候车厅里有三个神职人员。他们坐在我斜对面的一张长椅上。我失神地观察着坐在中间的那个人的姿势，因为他戴着一顶小红帽，显得与他的兄弟们不同。他在和他们谈话，说话时两手叠起来放在膝上，只是有时候抬起这一只或者抬起那一只，稍微动一下。我想：他的右手一定每时每刻都知道左手在干什么。

谁从地铁里出来走进外面灿烂的阳光里不曾感到过震惊。然而，太阳和他几分钟之前走下去时一样明亮。这么快他就把上面世界[4]的天气忘了。反之，上面的世界本身也同样快地忘记了他。因为能够更多地谈论自己的存在的人，会像天气那样温柔、那样贴近地穿过两三个别人的一生。

在莎士比亚和卡尔德隆的戏剧里，最后一幕总是一再地充满了战斗和国王、王子、贵族骑士及其随从们"逃跑似地登台"场景。那个瞬间让他们停住，因为观众看见了他们。那一幕命令戏剧人物停止逃亡。他们进入不感兴趣者和真正思考者的视野，让被出卖者得以喘息并呼吸点新鲜空气。所以，"逃跑的"登台者的舞台亮相有其深层意义。期望有一个地方、一束光或者一盏脚灯灯光照进这种形式的阅读，在逃避生活的阅读中，我们也许能够在众目睽睽的陌生人面前感到安全。

1 该词亦有演员上妆的更衣室之意。

2 拉丁文原文：Ad plures ire。

3 贝林佐纳，瑞士东南提契诺州首府，历史名城，有三座古堡。

4 德语：Oberwelt，字面意义：上面的世界。指：人间、尘世。而地铁象征下面的世界即冥府。

投注亭 [1]

资产阶级的存在就是管理私人事务。一种行为方式越重要、越有效果，那种存在就越能摆脱行为方式的控制。政治信仰，经济状况，宗教——所有这些都想隐蔽了起来，而家庭就是一座腐朽而又阴森的建筑，最卑劣的本能已经牢牢地黏附在这座建筑物的隔板和各个角落。大学生后期的职业生涯 [2] 宣布爱情生活的彻底私有化。所以，对这种生活来说，求婚已经变成了两个人之间的一种无声且强忍的过程，而这种完全私密的、免除一切责任的追求原来是"调情"时的新鲜事物。另一方面，无产阶级和封建阶级的类型在这里是相同的，他们在求婚中很少把女人当作自己的对手去战胜。但是，这意味着更深地尊敬女人而不是尊敬她们的"自由"，这叫顺从她们的意愿，而不必去问她们是否愿意。封建阶级和无产阶级的求婚把性爱的重点转移到公共场所。所以，在这样或那样的机会与一个女人一起抛头露面，可能比与她睡觉有更多的含义。所以，价值在婚姻里也就不在夫妻之间不育的"和谐"里：作为他们的斗争和竞争的古怪影响，婚姻中的精神暴力也就像孩子那样暴露出来了。

1　接受投注的卖香烟或报纸的小亭子，尤指赛马或赛车押注的地方。

2　Philisterium 这个词汇，一般词典中都查不到。网上杜登大辞典的解释："大学生后期的职业生涯 (Spaetere Berufsleben der Studenten)"。 从 Philister（市侩，老学生会会员）、Philistertum（市侩习气）演变而来。

站着喝啤酒的小酒馆

海员很少上岸。和在海港上不得不经常日夜装卸作业相比，在大海上服役就是礼拜天的休假了。每当他们可以成群结队地登岸去休息几个钟头的时候，天就已经黑了。在最好的情况下，可以看到大教堂像一个黑黝黝的庞然大物屹立在去酒馆的路上。啤酒馆是每一个城市的钥匙。想知道哪里可以喝到德国啤酒，只要知道那里的风土民情就够了。德国的海员酒馆展开了夜生活的城市交通图：从酒馆到妓院，再到其他酒馆，搞清楚并不难。几天来，人们一直在交口称赞某个酒馆的名称。因为每当他们离开一个港口，下一个港口的酒馆、舞厅、漂亮女人和风味菜肴的绰号，便会一个接一个地像小旗那样升起来。但是，谁知道这一次他们会不会上岸呢。因此，只要轮船申报靠岸，小商小贩们就蜂拥而至，带着各种各样的纪念品登上甲板兜售：项链、明信片、油画、小刀和大理石小雕像。这个城市不是被参观，而是被买走。在海员的箱子里，香港的皮带就放在巴勒莫❶的全景画和一个什切青❷姑娘的照片旁边。确切地说这才是他们真正的家。他们对雾蒙蒙的远方一无所知，对城里人来说，那里是陌生的世界。每到一个城市，首先要做的事情是在船上值班，其次才是德国啤酒、英国刮脸香皂与荷兰烟草。对他们来说念念不忘的是工业的国际标准，那可不是骗人的棕榈树和冰山。海员"讨厌"近似，他只爱听最精确的细微差别。他根据吃鱼的佐料而不是风景里的房屋建筑和装饰就能更好地区分不同的国家。他对这样的细节很在行，在大海上，当他与别的船只相遇（并用鸣笛向本公司的船只致意）时，他觉得航线就变成了熙熙攘攘、必须相互礼让的大街。他仿佛居住在公海上的一座城市里，那里，在马赛的卡内比埃尔大街上，一家塞得港酒馆斜对面有一家汉堡的妓院，而在巴塞罗那的加泰罗尼亚广场上，有一座那不勒斯的德尔奥沃城堡。在船长和高级船员心中，优先想到的仍然是故乡城市。但对于二级水手、司炉和那些在船体里面与货物打交道的搬运工来说，那些交叉重叠的海港甚至连故乡也称不上，而只能称之为摇篮。如果仔细倾听他们谈话，会觉察到旅途中有些什么样的谎言。

1　意大利城市。

2　波兰城市。

禁止乞讨
和挨户兜售！

所有的宗教都非常尊敬乞丐。因为他证明了，在一种如此清醒和平庸的被看作神圣而又赋予生命的事业里，精神与原理，结果与准则，都像过去给予施舍那样，可耻地失灵了。

在南方，有人对乞丐表示不满，而且忘记了，乞丐们坚持站在我们面前，像学者们倔强地面对困难的文本那样，有充足的理由。我们面部表情里任何迟疑的影子、任何最微弱的愿望或考虑，都逃不过他们的眼睛。马车夫的心灵感应，他首先用自己的吆喝声使我们明白，我们并不反对乘马车，而小商贩的心灵感应，他从自己的破烂堆里举起可能会刺激我们的唯一一串项链或一块有浮雕的宝石，他们的心灵感应属于同一类型。

通向天文馆

假如人们必须像希勒尔[1]单腿站立讲述犹太教教义那样，用最简洁的语言来讲述古典时期的学说，那句话必定是："世界将只属于那些靠来自宇宙的力量生活的人。"没有什么东西像古典时期的人对宇宙经验的献身精神那样区别他和近代人了，而后者对那种经验几乎一无所知。早在近代之初，还在天文学繁荣时期，那种经验就预示了自己即将沉没。开普勒[2]、哥白尼[3]和第谷·德·布拉赫[4]肯定都不仅仅是被科学的冲动所驱使。但尽管如此，在一个天文学很快就被引向与宇宙有着光学联系的特殊水泥建筑物里，存在着某种必将到来之物的预兆[5]。古典时期和宇宙交往的方式完全不同：是在陶醉中。假如陶醉就是我们在这种经验里确信最近的和最远的事物，绝不只确信其中一个而否定另一个，那就是说，人只能在共同体里和宇宙欣喜若狂地沟通。把这种经验看作无关紧要，可以回避并且听凭个别人把它当作美丽的星光灿烂之夜的狂想，那是近代人带有威胁性的迷误。是的，这种迷误还会不时地重新出现，然后，各民族及其后世能幸免的人将会像在上一次战争中以最可怕的方式表明的那样稀少，战争是和宇宙暴力进行的一次新的、闻所未闻的婚媾尝试。民众、煤气和电的威力被抛进空旷的原野，高频电流穿过大地，新的天体在空中开裂，螺旋桨推进器震天动地，搅海翻江，到处都有人在祖国大地上挖掘牺牲者的墓穴。这种向宇宙的大规模求欢，第一次以行星的尺度即以技术的精神进行。但是，因为统治阶级的贪求利润打算对技术的意志进行惩罚，所以技术就背叛了人类，把婚床变成了血海。控制自然就是一切技术的意义，帝国主义者这样教导说。然而，谁愿意信赖一个即将宣布通过成年人控制儿童为教育之意义并对孩子实施体罚的教师呢？难道教育不首先是一代代人之间关系的绝对必要的秩序吗？也就是说，当我们谈论控制的时候，我们说的是控制一代代人之间的关系，而不是控制儿童。同样，技术也不是控制自然，而是控制自然与人类的关系。人作为物种处于发育的终点虽然已经有几万年之久，但是人类作为物种却还处在发育的开端。对人类来说，有一种人正在技术中组织起来，在这种组织里，他感觉到自己和宇宙的接触形成了新的、不同于以往各民族和家庭的人。只要想一想速度的经验就够了。现在，人类正准备根据这种经验以无法预测的速度驶向时代的内部，为的是在那儿发现各种各样的节奏，在那里，病人将会像从前在高山上或南海边那样自己强壮起来。月亮公园❻是疗养院的一种雏形。真正的宇宙经验的观望者没有被束缚在那个微不足道的自然未完成之作上，我们习惯把它称之为"自然界"。上次战争❼中的毁灭之夜里那种震撼人类肢体的感觉很像癫痫病人的幸福。而紧随其后的造反必然是将新的肉体置于其控制之下的最初尝试。无产阶级的权力是这个阶级的痊愈标准。假如这个阶级的纪律不能抓住这个痊愈标准的精髓，那么任何和平主义的推理都将无法拯救它。活的生灵只有在生殖的心醉神迷中才能克服毁灭的极度狂喜。

---

1 希勒尔（Hillel，约前 70—前 10），巴比伦犹太学者。据犹太教经典《塔木德》记载，有一个非犹太人去请求拉比沙迈在这个人单脚独立的短暂时间内，把全部《摩西五经》教给他。沙迈认为他轻视《摩西五经》，一怒之下用棍子将其打走。这个人便去对希勒尔做同样的请求，希勒尔便

说："己所憎恶，勿施于人；其余的都是注释。"参见罗秉祥《论道德与宗教之分离——兼试论西方"启蒙工程"之得失》（罗秉祥、赵敦华编《基督教与近代中西文化》，北京大学出版社，2000）。

2　开普勒（Johannes Kepler，1571—1630），德国天文学家。

3　哥白尼（Nikolaus Kopernikus，1473—1543），波兰天文学家，创"日心说"，动摇了基督教统治西方千年之久的"地心说"。开普勒之后，"日心说"才得到承认。

4　第谷·德·布拉赫（Tycho de Brahe，1546—1601），丹麦天文学家。

5　暗示天文望远镜的诞生。

6　早期的公共娱乐场所。

7　指第一次世界大战。

译后记

1998 年 6 月，我忽然接到诗人贝岭先生打来的电话。他希望我帮他翻译德国作家本雅明的《单行道》。

贝岭在他主编的纯文学人文杂志《倾向》创刊号上，刊登过该刊副主编、作家石涛先生从英文转译的这本书的节译和美国著名女作家苏珊·桑塔格的英译本序。贝岭先生说，读者很喜欢这篇文字，尤其是作家圈内的朋友，希望我能把其余部分译出。

本来我也只想补译那些没有译的部分，但在翻译过程中，我感到那样有不少问题。为了保持译文风格的一致，我想还是应该有一个译自德文原文的全译本。后来，我看到上海人民出版社出版的刘北成先生著的《本雅明思想肖像》一书第八章基本上是根据石涛先生的译文写成的。所以，我感到一个德文原文的全译本就更有必要了。

我在翻译过程中参考了石涛先生的节译，对于理解那部分原文多有启发，在这里首先向他表示感谢。作为敢于问津这部令人望而却步的艰深之作的第一人，石涛先生值得尊敬。

关于这本书的译名，我认为，Einbahnstraße（单行道）是交通规则里的一个专门术语，通常说"单行道"或"单行线"。虽然石涛先生译为《单向街》带有几分朦胧，引人遐想，但我还是主张直译为"单行道"好。正当我在为这个译名动脑筋的时候，分别从女作家龙应台的作品和《柏杨回忆录》里碰到"单行道"三个字，因此更坚定了自己的想法。

译完《单行道》并阅读了本雅明的生平后，我才初步理解书前那几句甚至也颇令德国学者费解的献词。原来，那是本雅明的一段爱情记录。1924年，本雅明在意大利认识了来自苏联拉脱维亚共和国的布尔什维克阿西娅·拉西斯，两人一见钟情，1926年重逢时，他将《单行道》这本书手稿赠给她并题写了那段献词。献词透露出他们的爱情在作者那段人生之路上曾起到工程师般的作用，帮助他打通了"筑路"途中的一切障碍。这本书首先在报纸上连载，1928年才出单行本。

显然，"单行道"是一个譬喻。可是，这本书为什么叫《单行道》？献词和正文里都没有交代。阿多尔诺在他编选的《本雅明文集》的导言中回答了这个问题："他的哲学兴趣针对的完全不是无历史的存在，而恰恰是在时间上最确定的、不可逆转的事物。因此题目叫作《单行道》。"

《单行道》是一部品位极高的、经过升华的哲理文字，是作者对他那个时代的哲学、文学、政治和社会等许多领域现实问题思考的结晶。

《单行道》含有格言、笔记和杂感等各种形式。一般人都把这本书归入格言集。甚至作者本人 1940 年也曾经称《单行道》为格言集。其实，这本书很难归入任何一种文体。阿多尔诺在"本雅明的《单行道》"一文中说，应该把这本"极不平常的"书称之为"思维图像"集。还说它"更像是胡乱涂写的画谜"。苏尔坎普出版社 1996 年出版的由欧辟茨编选的本雅明读本就把这部作品归在"画谜"栏目下面。西方人所说的画谜，是将一个图像掩藏在看似混乱的图案中。不费一点心思，人们很难发现它。作者在这篇罕见的作品中殚精竭虑，反复推敲，像制造"画谜"那样把主题隐藏在文字的最底层。

这本书以罕有的质量受到学术界的重视。

《单行道》的结构非常独特，类似电影蒙太奇，是一种带有冒险性的尝试。阿多尔诺称：这本书的"技巧与赌徒的技巧有亲缘关系，本雅明感到自己是个赌徒，总是一再地冥思苦想赌徒的形象"。还说，这本书中隐藏着一种令人"震惊"的东西。众所周知，赌徒的心理是一心想赢，而且必须敢于冒险。他的运气不错，他成功了。

更值得注意的是，本雅明不但惜墨如金，喜欢使用冷僻词汇，而且在有意无意中不时地做一些文字游戏。读者一不留神，便会落入他的文字"圈套"之中。因为一个字母之差，意义全非。所以，作为译者不得不更加小心翼翼。那些不断出现的多义词汇，令人感到似是而非，似非而是。稍微自以为是，就可能犯下一个理解上不可饶恕的错误。至于作者自己创造的词汇，就非得根据上下文来判断并多多请教德国的有关专家不可了。

《单行道》的语言晦涩，寓意深邃，往往令人反复咀嚼思之再三仍不得要领。当然，作者有时也幽默得让你捧腹；有时也一目了然，让你兴趣倍增；有时也勾起你的童年回忆，让你感慨不已。但更多的情况却是佶屈聱牙，转弯抹角，像十四行诗的换韵，似中国江南园林的九曲回廊，令人眼花缭乱、目不暇接。这本书虽然篇幅不大，却要求你拿出高度的耐心和全部智力才能发掘出文字的底蕴。插入语和从句的巧妙运用，把原始森林般的德语语法发展得淋漓尽致，常常见首不见尾，让你一入林中就迷失方向。不过，当你努力走出来以后，它会给你一份特别的喜悦。而引语、外来语和各种典故，则"像路边的强盗，它们全副武装地突然出现并抢走悠闲者的信念"，给读者和译者设置了重重障碍。

毋庸讳言，在翻译过程中，我深感自己德语和汉语功力浅薄。我费尽九牛二虎之力，用了五个多月时间才完成初稿，深感这本书属于最难翻译的德国文学作品之一。圣诞节前夕，我就一些疑难问题打长途电话请教波鸿大学的博拉赫教授。他说这本书是一本极其艰深的著作，对德国学者来说也很不容易。他问我，这本书在哪里出版，给多少稿费。当他听说每千字只有二十马克的稿费时停顿了一下，然后不无感慨地说："李先生啊，李先生，现在世界上人人都在为钱而工作，只有你不是这样。这本书的稿费一千字一千马克还差不多。"我笑着回答道："是呀，可是有什么办法呢？算是我对德国文学的奉献吧。"他的话虽是戏言（并不夸张），但却肯定了这本书的难度。

由于贝岭先生再三催促，我于1999年1月将初稿寄给他。夏天，他再次来德国时，提出许多宝贵的意见，要求进一步修改。

此后，我一边忙于找房子搬家，一边谋生存，有半年时间几乎无暇顾及这本书的校订工作。今年五月以来，才有了大块的时间。这两个多月，我把时间差不多全部用在校订这本书上了。我曾整天地同德国的专家、学者进行讨论，打电话，写信，再三地请教熟悉的朋友和同行。在他们的帮助下，我现在基本上"打通了"这条"单行道"。

在《第七个十字架》一书译后记中，

我曾经提倡翻译的原则应当是尽可能准确、流畅、接近原文风格。这三个词语也许比过去崇尚的翻译标准"信、达、雅"三个字更明确，更科学。在翻译本雅明的时候，我也尽可能地遵循这个原则。至于我的译文能否接近这个原则，那就是一个水平问题了。我不敢奢望完全准确、流畅地传达了原文的全部妙处并保持了本雅明的风格，它肯定还有些"坑坑洼洼"，但读者对这条"单行道"可以有一个相对完整的印象了。

我确信，这本小书将会像中国古代的名人字画那样被打上一代又一代收藏家的印记。这本书第一版由德国恩斯特·罗沃尔特出版社于1928年在柏林出版。此译本根据德国苏尔坎普出版社1997年第十三版译出。原文无注释，译文脚注全部为译者所加，法文引文请旅居巴黎的法国文学学者李清安先生译出。书中的疑难之处，请教了许多位德国朋友，如：博拉赫教授（Prof. Dr. Martin Bollacher），瓦格纳教授（Prof. Dr. Frank Wagner），费路教授（Prof. Dr. Roland Felber），前民主德国驻华大使李伯曼夫人（Frau Liebermann）和翻译家查贝尔先生（Egon Zabel）等人，恕不一一列举，谨在此一并表示衷心感谢。

本雅明曾经说过："对于批评家来说，同行是更高一审法院。不是公众。更不是后世。"因此，我希望同行提出更多的批评指正。

李士勋
1998 年 12 月 25 日
于菲尔斯滕瓦尔德（Fuerstenwalde）
2001 年 10 月 15 日校订完成于柏林

西奥多·阿多诺

(Theodor Adorno，1903—1969)

德国著名哲学家、美学家和社会学家，法兰克福学派的创始人，社会批判理论的理论奠基者。

本雅明的《单行道》 *

西奥多·阿多诺

在格奥尔格❶向法国致谢的《第七个指环》那首诗里，马拉美被当作"为了他的思维图像而流血"来颂扬。思维图像（Denkbild）❷这个词儿，本是荷兰人的说法，它代替了那个经常被用滥的"理念"（Idee）一词；这里表现了一个与新康德主义相对立的柏拉图的观点，根据柏拉图的观点，理念不是纯粹的想象，而是一种自在之物，它毕竟也是允许观望的，尽管只在精神上。"思维图像"这个表达方式，好像在保夏尔德❸评论格奥尔格的文章中曾经受到尖锐的攻击，在德语里命运不济。但是，书怎样，其中的词汇也就会怎样，因为那些书，所以那些词汇的命运也就注定了。正当理念的德国化在语言传统面前处于休克状态的时候，追求新词汇的冲动仍在继续产生影

西奥多·阿多诺

响。瓦尔特·本雅明的《单行道》，1928年第一次出版，不是像人们草率地一翻就认为的那样是一本格言书，而是一部思维图像集；本雅明在比《单行道》稍晚些时候所写的一系列短小的散文片断也属于"单行道"的周边地区，而且这个系列确实是以"思维图像"为标题的。当然"思维图像"这个词汇的意蕴是被改变了的。在本雅明和格奥尔格那里，这个词汇意蕴的共同之处仅仅在于把那些通俗的观点认为主观和偶然的经验判归客观性，是的，主观的东西从根本上被理解为一种客观事

物的声明——只是在这一点上本雅明的思维图像是柏拉图式的，正如人们曾经谈论马塞尔·普鲁斯特的柏拉图主义那样，本雅明接触普鲁斯特的著作也不仅仅是作为译者。

然而，《单行道》中的片断不是柏拉图关于洞穴或者车子的神话那样的图像。它们更像是胡乱涂写的画谜，而不是对语言难以表达的事物用譬喻描述的咒语。它们不仅不想制止抽象的思维，而且要通过自己的谜一般的形象使它感到震惊并以此使它运动起来，因为抽象思维正在自己的传统概念形象里发呆，似乎拘谨而且过时。在通常的风格里不用加以证实并能战胜的事物，应该推动思维的自发性和能量，虽然不一定要逐字逐句地被人接受，但却应该通过一种机智的短路方式激发出火花，这些火花即使不能把周围所熟悉的事物点燃，也能将它们照亮。

对于这样一种哲学形式来说，重要的是找到一个层次，在那里，精神、图像和语言互相联系在一起。这个层次就是梦。因此，这本书中有大量关于梦的记录和反思。被梦境战胜的认识在其中讲述着那个过程。但这个过程与弗洛伊德的释梦只有些微的共同之处，本雅明有时候暗示出这一点。梦不是作为无意识的精神活动的象征被写下来，而是严格地、具体地被表达出来。按弗洛伊德式的说法，本雅明对梦境的描述只涉及显在的梦的内容而不涉及梦的潜在思维。为了达到认识的目的，梦的层次通过试图抓住一种表达形式而被放进某种关系之中，梦境必须报告被掩埋的真实旁边的东西。不是将梦的心理起源排除在外，而是使梦走近苏醒的、理性平时藐视的类似成语但却最现实的暗示。面对思维的已经结成硬壳的表面，梦作为认识的源泉变成一种无法控制的经验媒介。反思被一次又一次不自然地避开，事物的相面术被托付给闪电之光——不是因为哲学家本雅明蔑视理智，而是因为他希望唯独通过这样一种苦行才能再现思维本身，而这个世界正准备将这种思维从人们的头脑中驱赶出去。荒诞的事物被表现出来就像理所当然似的，而他的目的是使理所当然的事物失去威力。

"半地下层"那个片断既证实了这种思想的强度，同时也证实了它是怎样在相当程度上摧毁了这种强度，如果哲学的突然袭击形式完全允许的话。"我们早就忘却了礼仪，我们生活的大厦就是在这种礼仪下面建筑起来的。可是，当它应该被攻占并已被敌人的炸弹击中时，还有多少藏在这墙基里使人耗尽精力的、怪诞的古物暴露出来啊！那些没有全部被咒语埋入土中并被牺牲的东西，下面那令人毛骨悚然的珍品陈列室，那最深的井穴保存的最平庸的东西。在一个绝望的夜里，我梦见自己和小学时的第一个伙伴迅速地重温了兄弟般的情谊，虽然几十年来我已经不认得他，在这个时期也几乎想不起他。可是，醒来之后我明白了：那绝望像一颗炸弹似的揭示出来的东西是这个人在这儿被砌入墙里的尸体和他应该做的事情：不管谁在这儿住下，都不应该和他有丝毫雷同之处。

《单行道》的技巧与赌徒的技巧有亲缘关系，本雅明感到自己是个赌徒，总是一再地冥思苦想赌徒的形象；思维放弃了一切精神组织的安全假象，放弃了推导、结局和结论，完全听凭运气和冒险去依靠经验并击中要害。尤其重要的是，这本书令人震惊之处就在这种技巧之中。它嘲弄地向假想的读者精心准备的防卫反应挑衅，为的是立刻向他指出，他本来早就知道自己想否认什么，而且仅仅为此才那么顽强地否认它。因为书中经常出现一些本雅明寄希望的号码，所以思维也就分到了多种多样的赌注。于是，经验就和这样一些忧郁的讽喻文字一模一样了："一个殷勤待客的晚上是怎样度过的，走在后面的人只要看看盘子、大大小小的杯子和食品的样子，便一目了然。"——或者"唯有不寄希望地爱着他的那个人才了解他。"——或者"两个相爱的人超越一切地依恋的是他们的名字。"这种认识的悲哀，正是它在日常生活中要求认识去排除的东西；然而这种悲哀却是认识的真实印记。

在这里，《单行道》并不仅仅是由明显的无法推导的事物所组成。有时候，透明的理智也在说话：而且带有一种警句特征的说服力，这种特征并不隐藏在那种梦幻般的、从整个连续的生命里获得的确定性后面。关于艺术品的几个定义，就属于这一类警句："艺术品是综合的：力量的中心。"——"艺术品在重复的注视中得到加强。"本雅明的定义不是确定的释义，而是按照倾向给瞬间以永恒，在那个瞬间里，事物又自动地苏醒过来。下面这种说法定将永远地结束一个今天像幽灵般返回的关于立法的争论："杀死罪犯是合乎道义的——但永远不是宣布这种杀人合法化符合道义。"

然而，假如因为《单行道》中一些按某种方式所做的安排就把它看作非理性主义的，因为它对梦的亲和性而把它看作具有神话色彩，那人们也许就把这本书完全理解错了。更确切地说，看起来，好像本雅明就是要把那种为每一个体之异化的命运而增强、令人失去理智，但却清晰可见的现代主义及其社会的错综复杂看作思维必须与之相似的神话，为的是使思维变得强有力并用这种力量去冲破神话的魔力。根据这种观点，本雅明的《单行道》，应该放到由他规划的现代主义史前史的关联之中去，这本书也是本雅明关于这一主题的第一部作品。在这个领域里，他描绘了十九世纪下半叶的家具风格：

"从六十年代到九十年代资产阶级家庭的室内陈设，那巨大的饰满木雕的碗橱，摆放着棕榈树的没有阳光的角落，装有铁护栏的悬楼或凸肚窗以及煤气灯咝咝作响的长走廊，用来存放尸体再合适不过。'在这张沙发上姑妈只能被谋杀。'家具的没有灵魂的奢侈，只有对尸体来说才会称之为真正的舒适。比侦探小说中描绘的东方自然风景更为有趣的是他们室内布置中耽于享乐的东方：波斯地毯、无靠背矮沙发、吊灯和贵重的高加索短剑。在高高撩起的沉甸甸的双面挂毯后面，房子的主人用有价证券纵酒狂欢，他感到自己既像东方之国的商贾，又像尔虞我诈的可汗国里懒惰的帕夏，直到胡床上系着银饰带的那把短剑在一个美丽的下午结束了他的午睡和他本人的生命为止。"

与此类似的是关于邮票的描写，邮票是超现实主义者的心爱之物，本雅明在《单行道》一书中表现出对超现实主义者怀有敬慕之心：

"邮票上充满了各种细小的数字、细小的字母、小树叶和小眼睛。它们是绘画的细胞组织。这一切乱七八糟地挤在一起，像低级动物那样活着并继续肢解着自己。为此，人们从拼贴起来的邮票各个小部分中制造出那样有影响力的图画。但是，在那些画面上，生命始终带着由坏死的东西组成的以腐烂为标志的特征。那些人物肖像和伤风败俗的组画上尽是肢体和成堆的蛆虫。"

正当本雅明的思维在内心没有任何保留的情况下深入探讨那种对荒诞无稽事物的热恋时，他的每一句话都被书中曾经作为公理说出来的想象所震动：假如这个负债累累的现代派整体走向灭亡的话，那也许要怪它自己，也许是由来自于外部的力量推翻它的。支配《单行道》一书的意志，在现存事物占优势的情况下，好像即使没有希望，也应该把自己锻炼得更坚强。那些从梦中听到的神话式的信息几乎总是这样一条纪律：不要动感情，要摆脱关于内心世界与安全的一切幻想，"要抛弃，这样你才会取胜"。思维着的回忆想从太古时代的不屈不挠中学习，以自己的坚韧超越当前的时代。世界的进程迫使本雅明这位本来不关心政治的形而上学的天才，将自己的感情冲动转向政治方面。为了感谢这种放弃——早在 1918 年以后最初几年里的通货膨胀期间就已经放弃——他获得了在今天仍然像当时那样适用的对社会的理解，那种认识中包含着对灾祸的预测，本雅明本人就是那种灾祸的牺牲品："穿过德国通货膨胀的旅行。——一个特殊的佯谬：人们在行动的时候，心中只怀有最狭隘的私利，可是，他们的态度却同时又比任何时候都更多地取决于大众的直觉。而大众的直觉又变得比任何时候都更谬误百出和背离生活。"

本雅明的目光缓慢地对准那朦胧升起的灾祸，有时候，他好像显得落入与安娜·弗洛伊德❹称之为进攻者的认同之中，或者说，他也许处于那样一种地位，在那里，他否认批评的概念并觉得自己是以集体实践的名义，与时代精神建立了一种太亲密的关系，这就与他本人最感恐惧的东西形成了强烈的对比。在《单行道》的所有文字中最抑郁的句子是：

"事实已经一次又一次地表明，他们对习以为常的、如今早已失去的生活的眷恋变得那样呆滞，以至于他们即使在极其危险的情况下运用那些本来属于人的理解力即预见性的能力，也被破坏了。"

说这句话是最抑郁的，因为本雅明本人，除了想从梦中听到那种带来有益于健康的苏醒的声音之外，什么也不要，可是连这样的拯救也不成功。然而，只有凭借客体的衰落，直到自身彻底地熄灭，《单行道》一书的见解才能被认识到。这本极不寻常的书在关于安得烈·皮萨诺的"斯佩斯"浮雕所作的几句说明中自己解开了自身之谜:"她坐着,无可奈何地举起双臂,伸向一个她永远够不到的果实。尽管如此,她却是有翅膀的。没有什么比这更真实了。"

  *   译自阿多诺(Theodor Adorno,1903— 1969)《论文学的特征》,苏尔坎普出版社,1998 年第七版。

  1   格奥尔格(Stefan George,1868—1933),德国自然主义和表现主义诗人,注重形式和语言,风格严谨。翻译过波德莱尔、马拉美、魏尔仑等人的作品。

  2   思维图像(Denkbild)这个词汇在《杜登大辞典》里解释为: von einem Bild ausgehender Gedanke, der in einem Text festgehalten und reflektiert wird(从一幅图像产生的思想,它被记录并反映在文本中)。

  3   保夏尔德(Rudolf Borchardt,1877—1945),德国作家、翻译家,译过但丁和其他古希腊罗马作家的作品。

  4   安娜·弗洛伊德(1895—1982),西格蒙特·弗洛伊德最小的女儿,六个孩子中唯一继承父业的子女。

附录 2

马嘉鸿

荷兰皇家与艺术科学院国际社会史研究所（IISH）博士后研究员，北京大学法学博士，现为任教于中国人民大学国际关系学院，研究方向为社会主义思想史、国际工人运动史及批判理论。

多义性与单行道

马嘉鸿

一

在《单行道》的开篇上，有一段致敬题词："这条街叫阿西娅·拉西斯大街。以她的名字命名，（是因为）她作为工程师，在作者心中打通了这条街。"但是，在由阿多诺整理的 1955 年版《本雅明文集》中，这句致敬却被删去了，二人合作的文章《那不勒斯》，拉西斯也被抹去了署名。本雅明的好友格哈德·肖勒姆在《莫斯科日记》序言里也倾向于低估拉西斯对本雅明的影响："这本日记恰恰未能让我们见识并理解本雅明所爱的这位女子才智的一面。"

本雅明的这句致辞该如何理解？后世学界对这位"拉脱维亚女布尔什维克"的对待是否公平？她对本雅明思想的左翼转向曾发挥过怎样的影响？对这一系列问题的回答，不得不追溯本雅明在这场相遇前后，究竟经历了什么。

本雅明和拉西斯初次见面是在 1924 年意大利的卡普里岛。这一年夏天，本雅明正在写一篇申请教授职位的论文。本雅明在德国学界本就没有可资利用的师承关系，况且，当时的犹太人普遍很难谋求体制内的教职，唯一的指望就是时任法兰克福大学哲学系主任的舒尔茨教授。舒尔茨建议他写一篇关于"巴洛克悲剧形式"的论文，最好一年内完稿，因为在此期间舒尔茨仍然在任，具有一定话事权。于是，为了能远离家庭琐事，本雅明决定离开柏林，带着 600 个摘抄的引注，一个人前往意大利南部小城那不勒斯，开启压力下的写作。

在风景秀丽的卡普里岛，本雅明成了咖啡厅的常客。写作之余，他注意到一位年轻有魅力的女士，他走上前问道："尊贵的女士，需要我的帮忙吗？"拉西斯后来在她的回忆录中如是写下对本雅明的第一印象："浓密的深色头发，戴眼镜，眼镜镜片就像小探照灯一样投射出光芒。"她认得这种类型的人："一个典型的资产阶级知识分子，或许是很有钱的那种。"(Asja Lacis, *Revolutionär im Beruf*, S. 42) 除去经济情况，她的猜测还是挺准的，毕竟此时的本雅明还需倚仗父亲的资助。很快，两个人开始在陌生的城市里周游、交谈，陷入爱河的本雅明忍不住在信中向他最好的朋友肖勒姆分享这个消息："这位来自里加的俄国革命家，是一位出色的共产主义者，自从杜马革命之后，她就在党内工作"，"是我认识的最为出色的女士之一"。

阿西娅·拉西斯是一位纺织工匠的女儿，但贫寒的出身并没耽误她接受良好的教育，思想进步的父亲将她送到了当时在圣彼得堡唯一对女性开放的大学。拉西斯学习戏剧并发展出一套儿童戏剧心理学理论，她阅读广泛、聪敏健谈，通晓俄文、德文和法文，因而她所到之处，无论是在柏林、巴黎还是莫斯科，都能收获同时代最顶尖的知识分子朋友圈。拉西斯还在布莱希特执导《爱德华二世》时担任其助手，也正缘于她的牵线，本雅明才得以和布莱希特相识。

此时的拉西斯 32 岁，比本雅明年长一岁。她来卡普里岛是为了治疗三岁女儿的病，一同前来的还有拉西斯的男友，德国戏剧导演伯恩哈德·莱西，只不过他先行返回了。此时的本雅明在经历了多年与朵拉疲惫的婚姻和长期对尤拉·科恩没有回应的单恋后，这一次，终于遇到了在思想上棋逢对手，在身体上双向奔赴的爱情。

然而，拉西斯和本雅明是如此的不同，在政治立场、思想资源、信仰与行动的关系等诸多面向上，她都站在本雅明的对立面。拉西斯绝不会理解，在欧洲遍布革命浪潮之时，为什么有人会钻进故纸堆研究 17 世纪巴洛克戏剧。而对本雅明来说，革命的激励与短暂的荷尔蒙仿佛一场"进步的风暴"，席卷了他原有的精神秩序。

作为两人爱情的见证，城市印象文《那不勒斯》如实地记录了这场风暴。在二人对那不勒斯城市进行静物扫描的字里行间，可以时而平行、时而交叉地捕捉到两种截然不同的眼光，他们用各自的理念，将同样的事物聚合成不同的意涵，这在对那不勒斯建筑的描绘中体现得尤为突出："建筑被用作大众化的舞台，它们全被分裂为数不清的，同时活动着的剧场，阳台、庭院、窗户、门廊、楼梯、屋顶，都同时既是舞台又是包厢。"在这种场景中，每个人都既是表演者又是观赏者，每一个人在看的同时也在被看。建筑体包含了多个平行空间和世界，随时对即兴事件保持敞开状态。在这里，没有任何一个角落可以掌握全息景观，而每一个角落又都建构着整体的和谐。拉西斯仿佛从中看到了去中心的、无政府式的，大型共产主义实验剧场；而本雅明则从连绵不绝的碎片中看到弥赛亚的永恒和超越。

在这篇散文中，出现频次最多的一个

词就是"多孔"（porous）。在多孔视域下，每一个细微的事物都包含诸多彼此平行的阐释空间，就像某个建筑单元既可以是庭院的构件，也可以是楼梯的组成部分，庭院与楼梯不是相互否定的关系，而是以不可化约的方式，共同保存了事物的全部具体与可能。这种表达似乎是对传统存在论和认识论的一次突围，文章未曾使用"定义"的动作，并不试图将事物特性固定为普遍概念，因为任何界定都很难不是片面的。这甚至不是价值悬置，而是主体悬置，即让事物以一种无法穷尽的方式自我展开，从而尽可能丰富地、无偏差地呈现事物的多义性，并同时兼具启示和隐秘的功能，完成对事物的"拯救"。

在那不勒斯，相爱的两个人既渴望用对方的眼睛看世界，更渴望将对方的视角纳入自己的视野。拉西斯对革命共产主义的献身与本雅明犹太教的底色共同指向对物化世界的超越和对人性的救赎。究竟，拉西斯的道路是否能走通？这条路更优越于本雅明的路吗？在经过那不勒斯的交汇后，这两条迥异的思想轨迹会渐行渐远，还是发生更深的纠缠？又或许，就如同"庭院"和"楼梯"一样，并行不悖而又交相辉映？

二

1924 年 11 月，本雅明回到了妻子朵拉身边，继续书写因为那不勒斯罗曼史而耽搁的论文，这篇论文一直拖延到 1925 年春天才提交，而舒尔茨只读了论文的前言就宣布自己不再为本雅明负责。为了以防本雅明在求职记录上保有曾被拒绝的痕迹，法兰克福大学建议他撤回教授资格的申请。这篇后来被阿多诺称为本雅明在"理论上论述最充分的著作",《德意志悲苦剧的起源》就这样受挫了。

改宗的资产阶级家庭出身的犹太知识分子本就渴望融入主流社会和证明自己,更何况本雅明需要以学术成功换取父亲的经济支持。同时代的捷尔吉·卢卡奇情况类似,但他在 1923 年就因出版《历史与阶级意识》而年少成名。这本书批判了资本主义制度对人的异化,指出光明的前途在莫斯科,此书后来受到布洛赫、阿多诺、克拉考尔、本雅明等一众犹太知识分子的追捧。反观自己,学术生涯才刚刚起步就遭遇打击,体制内教职的这扇大门似乎永久地合上了,本雅明就这样成了一名自由知识分子,接下来的路该如何走呢?

本雅明此时处于一个岔路口,他的挚友肖勒姆一直试图吸引本雅明共同从事犹太复国主义的事业,他 1923 年就移民到巴勒斯坦。本雅明如果要走这条路，唯一的条件就是学会希伯来语。在肖勒姆两年前离开德国时，本雅明就曾根据当时的社会现实写了一篇送别文章《德国没落的描写分析》并题词"祝移民幸福"，这篇文章后来稍加修改以《对德国通货膨胀的巡视》为题收录到《单行道》中。肖勒姆回忆道，他很难理解写下这篇文章的人会继续留在德国。这是因为那时的本雅明还对自己的学术职业生涯保有相当的信心。与此同时，布尔什维克拉西斯则昭示着另一种可能，是去巴勒斯坦还是莫斯科？在这个负责任的决定之前，本雅明必须要让自己以漫游者的状态尽可能地多收集经验。

　　与拉西斯的第二次相遇发生在里加，然而，这次见面更像是本雅明的一厢情愿。拉西斯在她的回忆录中写道："我去排练演出，满脑门子的事情，瓦尔特·本雅明突然出现在我面前。他喜欢给人惊喜，但我并不喜欢他制造的这一场。他来自另一个星球——我没有时间陪他，他有很多时间去熟悉里加。"（Asja Lacis, *Revolutionär im Beruf*, S. 56-57.）他在里加漫无目的地闲逛了四周，并将这种孤单的守候记录下来，后来也被收录到《单行道》中：

"我来到里加拜访一位女友。她的家，这座城，还有这里的语言，对我来说都是完全陌生的。没有人期待我的到来，也没有人认识我。我一个人在街上孤零零地走了两个多小时，最终还是没再见着她。……她很可能正从一个大门里走出来，拐过街角，坐上了电车。但无论如何，这两个人中，我必须成为先看到对方的那一个。"

申请教职被拒后的两年里，本雅明一

直断断续续着这种速写。按照本雅明最初的构想，《单行道》就是这样一本写给朋友们的小册子："我想用几个章节收录我的一些格言、讽喻和梦境，每个章节都会以我一位亲近的朋友的名字作为唯一标题。"《单行道》箴言式的写作似乎体现了本雅明在谋求大学教授席位失败后对自己的重新定位，用他自己的话说是"单子式"的，这既是对传统体系性哲学的反叛，也带有鲜明的《那不勒斯》遗风。他不再仅仅停留在抽象的理念世界，也不再借助诠释经典艺术作品的方式，而是以物质对象作为哲学分析的出发点，发展自己全新的表达，这一切不能不说是拜拉西斯这位唯物主义者所赐。但是，本雅明的唯物主义并非马克思或者列宁的辩证唯物主义。他的目的不在于揭示客观世界的矛盾，或是主体对客体的克服；相反，他力图呈现万事万物在存在论上的模糊，因为矛盾本身也是一种主观建构的结果。

和《那不勒斯》相像的是，《单行道》里几乎每一个意象都是多义的，都类似于既是"庭院"又是"楼梯"的存在。当思维从它被规训的概念、逻辑中解放出来，它捕捉到事物之间新的关联。本雅明从梦与神话中借用了重新看待周遭一切事物的眼镜，但这副眼镜并非为了看清，它的意义恰在于将物体之间的边界、梦与现实之间的边界统统模糊，这即使思维摆脱沉疴概念的异化，也同时使那些有待概念化的经验得以被领会、通达。

就连《单行道》的书名也是这样多义的意象：从正面看，它如一切同时代的事物一样，有一个进步的方向；从反面看，它没有掉头的可能和其他的出路。近代以来，当金钱越来越成为一切事物的中心，拜物教统治了人的心智，威胁着传统与直觉，精神在物质铁律面前被碾成齑粉。物质主义的、不好奇的、自私迂腐的资产阶级价值和道德使历史行进于单行道上，不断走向对人类自由的限制。在资产阶级的进步史观下，本雅明力图对濒死的事物进行挽救，虽然这恐怕注定是一场无谓的抵抗和有去无回的历险。此外，本雅明对拉西斯的爱恋，也未尝不是一条"单行道"——只管此刻的出发，孤勇如一支射出的箭，向无限的未知一往无前。

三

　　承接未知的下一站发生在 1926 年 12 月的莫斯科。自 1926 年 4 月起，本雅明开始患上抑郁症，与此同时他还在翻译《追忆似水年华》，但翻译"虚弱与天才相伴相生"的普鲁斯特毋宁是某种慢性自杀。罗沃尔特出版社迟迟没有出版《亲和力》和《德意志悲苦剧的起源》，在体制外成名的机会仍然遥遥无期，更重要的是本雅明失去了父亲。在这种状况下，加入德国共产党，去莫斯科与拉西斯建立更亲密的关系，为自己的人生开辟另一片战场，能否成为摆脱当前困境的出路呢？为此，本雅明做了一定的准备，在卢卡奇的《历史与阶级意识》的持续影响下，他继续读了《资本论》第一卷关于商品特征的一章，还读了有关现实政治的共产主义分析，比如托洛茨基《英国往何处去？》。此外，他还接受了马丁·布伯撰写莫斯科城市印象的约稿，为这次旅行提前预支了稿费。

然而，希望越大，失望越大。坏消息是他的挚爱拉西斯此时正在经历严重的精神崩溃，不得不在疗养院休养，更坏的消息是拉西斯的男友莱西一直在陪伴她。本雅明到达莫斯科后，不得不面临三人行的局面，本雅明根本没有和她单独相处的机会。更让人失望的还有拉西斯喜怒无常的情绪和令人无所适从的行为方式，很快，本雅明就在日记中写道，他感到"和阿西娅分开生活的这个想法不再像以前那样难以忍受了"。

爱情的未来似乎变得愈来愈暗淡，同样地，莫斯科共产主义的未来也在逐渐失去光彩。在莱西的带领下，本雅明接触了苏维埃俄国的知识分子。他听闻自列宁去世以来，党在文化事务方面的紧张氛围，感到"人们对严格进行政治立场的区分极端重视"，触动他的还有随处可见的列宁像，以及阶级斗争概念应以多高频率收录进苏联百科全书的讨论等等。

本雅明发觉，党和政治的立场对于

他的工作而言过于狭窄，即便这种"狭窄"能够给他提供必要的"支架"，为生活填充各种事件，以摆脱生命不能承受之轻。但一番思想挣扎后，保持独立的意志还是占了上风。在莫斯科的日子里，他一直在游荡、观望，却始终不能在行动的意义上向前一步，因而也注定无法受到任何庇护，只能孤零零地暴露在生命的偶然和各种彼此冲突的极端思潮影响之下。在这次莫斯科文化苦旅的尾声，本雅明暗自许诺，如果有机会能争取到和拉西斯一起生活的话，可能会成为他最先要做的、最重要的事，但他知道这件事不可能发生在俄国。

事实上，在 1929—1930 年的柏林，本雅明确实有过这样一次机会，当时拉西斯受官方派遣负责建立苏联与德国左翼作家之间的联系。本雅明用肖勒姆帮他争取来学希伯来语的奖学金，为拉西斯租了一栋大房子，却对学习希伯来语三心二意。这不仅是为了拉西斯，更缘于此时的本雅明已在德国文化界崭露头角。这段时间，他的几本著作相继出版，就连赫尔曼·黑塞这样的大人物都会告诉出版社，读完《单行道》不由得心生激动。学术体制外的新路正徐徐拉开帷幕，本雅明为自己树立的新抱负是成为德国一流的文学批评家，虽然，文学批评在德国五十多年来从未被看作是严肃的文体，但至少这足以保证他的独立性并容许他在思想上对各种可能性保持敞开。

当拉西斯完成公务要被遣返时，只有婚姻可使她继续留在柏林，本雅明就果真戏剧性地与朵拉离婚了，但他和拉西斯的关系却并没有从此幸福起来，相反，他们只要在一起就充满争吵。更不幸的是，拉西斯得了急性脑炎，不得不被送往法兰克福急救；而本雅明因为离婚官司在经济上心力交瘁，饱受折磨。当本雅明在 1930 的跨年夜独自一人躺在巴黎的宾馆时，他再也没有固定的居所收藏他的图书，再也见不到阿西娅·拉西斯，也再也没钱学习希伯来语了。

随着纳粹上台，本雅明的出版越来越受限。1940 年，在纳粹的驱逐下，他逃亡到西班牙的边境自杀，而拉西斯也成了斯大林清洗运动的牺牲品，在 1938 年 3 月被押送到卡拉干达集中营，她的男友莱西则在 1943 年也被关了进去，二人直到 1951 年才重见天日，拉西斯还是从布莱希特口中得知本雅明的死讯。

在那个犹太知识分子普遍缺乏介入现实手段的时代，犹太复国主义和共产主义是两个最有效的反抗形式（汉娜·阿伦特语），而本雅明既没有去巴勒斯坦，也没有去莫斯科。这不仅仅是因为他的气质中缺少决断，更主要的是，他看到这两种方案都有很大可能将自己引向错误的拯救，也将使他丧失主动建构自己思想的机会。

当各色的主义和意识形态铸就的"单行道"各行其是，宣称自己是真理的代言时，"本雅明充满激情地，同时也是充满反讽地把自己放置在交叉路口。对他来说，对许多位置保持开放十分重要：神学的，超现实主义美学的，共产主义的，等等。这些位置互相矫正，所以，所有这些位置他都需要"。恰恰是出于对"单行道"的密闭恐惧，本雅明踌躇、犹疑，也因此始终无法将自己的人生安放于任何一元化的信仰、观念系统、政治组织或情感关系之中，甚至他的生命最终也萎顿于此。

在一切坚固的东西都烟消云散的时代

里，本雅明们用对智慧的热爱和自由的坚守，使观念的天空保有璀璨的星丛。今天的我们，穿梭在宗教极端势力摧枯拉朽，民族、民粹主义煽动政治激情、智术师们用各色"意见"垒砌重重"洞穴"的路途上，随身携带一本《单行道》，或许有助于护持住那颗不会随之走向封闭的心灵。

图书策划：活字文化
www.mtype.cn

特约编辑：小　黄　陈　轩
装帧设计：boopress
内文排版：吴　磊
营销编辑：廖　琛

出 品 人：丁　云
责任编辑：刘海光　陈邓娇

当代世界出版社抖音号

当代世界出版社微信公众号